U0466893

惠风·文学汇

（第二辑）

唤醒村庄

"惠风·文学汇"丛书编委会 编

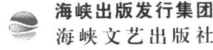

海峡出版发行集团

海峡文艺出版社

图书在版编目(CIP)数据

唤醒村庄/"惠风·文学汇"丛书编委会编. 一福州:
海峡文艺出版社,2024.8
(惠风·文学汇)
ISBN 978-7-5550-3788-0

Ⅰ.Ⅰ267

中国国家版本馆 CIP 数据核字第 2024BE6039 号

唤醒村庄

"惠风·文学汇"丛书编委会　编

出 版 人　林　滨
责任编辑　朱墨山
出版发行　海峡文艺出版社
经　　销　福建新华发行(集团)有限责任公司
社　　址　福州市东水路 76 号 14 层
发 行 部　0591－87536797
印　　刷　上海盛通时代印刷有限公司
厂　　址　上海市金山工业区广业路 568 号
开　　本　889 毫米×1194 毫米　1/32
字　　数　120 千字
印　　张　8.25
版　　次　2024 年 8 月第 1 版
印　　次　2024 年 8 月第 1 次印刷
书　　号　ISBN 978-7-5550-3788-0
定　　价　58.00 元

如发现印装质量问题,请寄承印厂调换

目录

荔枝林里的传统村落

潇　琴

　　传统是有时间跨度的，更有独特的文化内涵积累。优秀的传统是耐人寻味的，也许只是一个并不惊艳的故事，但有着穿越历史的力量。对她的认可，是有着许多让人不离不弃的理由的。

　　在永春，有一座千年古镇——岵山，原名小姑。早在后周显德三年就有陈氏族人在此拓荒，繁衍生息。

　　茂霞村位于岵山镇东南部，拥有百年以上具有闽南风文化载体之称的古厝七十多座，以及距今四百多年历史的明朝石砌古寨、成片的荔枝林、异彩纷呈的古民俗，每天都吸引着慕名而来的游客、专家和学者。这些游客并不算多，他们不喜欢成群结队，更多的是三三两两，或独自一人或几口之家，无须向导，无须带队，只图休闲，因为他们明白，拼搏固然精彩，停下来小栖同样重要。他们热爱传统的农耕文化，欣赏着田园的自然风光，沿着哗哗的金溪水流，追寻着古老的历史，对古民居群叹为观止。那深入人心的生态美，让人流连忘返，小客栈就成了他们逗留的家。家里有自产的果蔬，有妈妈味的美食，慢慢咀嚼，慢慢消化，可以对一个地方的迷恋更渗入骨髓。

爱上她，只需一见钟情，说不清是从一棵荔枝树开始的，还是从金溪水开始的。

临近目的地，一座古朴宁馨的木质牌坊"中国传统村落——茂霞村"映入眼帘，一如敞开的大门，欢迎着我们的到来。走进村庄，尘世仿佛一步一步远离，四通八达的水泥路在田园和农家延伸起伏，穿过田野。美丽的村庄，给人的第一感觉是自然。村庄草木青葱、鸟语花香自不必说，最让我感动的是一片一片的荔枝树，掩映着古厝和农舍。由于气候温润，它们的枝干上长满青苔和一簇簇鲜绿的寄生草，自成一景，清幽的感觉，在肌肤上行走。更重要的是，初秋一招手，它们就挂满了一树红红火火的诺言，回馈勤劳的植树人，可以想象丰收季节诱人的情景。

村路蜿蜒而上，来到福茂寨。不规则石头砌成的厚厚山门上爬满了绿色藤蔓，山门上一座瞭望亭，上面挂着写有"福茂寨"三个鎏金大字的牌匾。此寨始建于明朝，是茂霞村的标志性建筑，更是闽南聚落的宝寨。房前屋后生长着许多百年荔枝树，枝丫曲折有致、迂回跌宕，天然而成。站立在寨墙上，放眼四顾，岵山美景尽收眼底。整个寨墙目前保存较好。村民中有着一个传说：福茂寨原来是个小山头，树林茂密。明嘉靖年间，建寨始祖陈员渠，时任泉州户粮司，娶了个岵山姑娘，当时岳父家就在山脚下。有一次陈员渠来岳父家做客，看中这个小山头，认为这是块风水宝地。陈员渠三番五次提出要在小山头上建个寨子，可是岳父不答应，他要把地留给自己的儿子。有一次，岳父的脚被毒蛇咬伤，若不马上送医，会有生命危险。当时交通极为不便，要把老人家从山里抬出来绝非易事，陈员渠的儿子放弃救治，老人家伤透了心。陈员渠却想尽办法将岳父送医救治，挽回了岳父的性命。老岳父被感动了，准许他建寨。寨子建好后，陈员渠在此繁衍生息，至今传下来的后人有五千多人。如今寨里仍有一百五十多人居住，他们远离城市的喧嚣，过着无污染、原生态的清静美满的日子，令人羡煞。而此刻我们能趁机多呼吸几口充满负氧离子的新鲜空气，也是极好的。

在茂霞五峰岩上还有一个寨，叫"石城寨"。寨内有庙祠、亭台，还有十八罗汉雕像等。寨边荔枝古树林立，环境幽美，是个观景休闲的好去处。

沿着水泥铺就的村路，我们来到了敦福堂。这座古民居修建于民国时期，为当地华侨陈敦下在菲律宾发达后寄外汇所建，已有百年历史，闽南红砖灰瓦，西式古典柱护栏，可谓中西合璧，也是永春第一座使用钢筋水泥的建筑。这是一座未完成的大厝，一楼是砖砌墙，二楼是土墙，衔接的部分还有钢筋水泥露在外面。由于国内战争，海外建造款项中断，原本两侧空着的水泥是为了搭建与前面一样的长廊，二楼也同样要贴上红砖的。遗憾的是未能如愿，却留下了一段烽火历史和一段镇宅话题。古厝里的故事在七十二间房屋里演绎着，让你如临其境。敦福堂一脉的后裔很多，大部分在马来西亚、菲律宾等国家和中国香港。在敦福堂里设华侨历史博物馆有其独特的意义，馆内图文并茂地记载了岐山镇华侨在异国他乡辛劳创业的奋斗史和公益事迹。良好的乡风民俗养育了淳朴而又智慧的茂霞人。

在敦福堂门前有一片美丽的田园风光，这片田园公园隶属岐山镇农业生态示范园。在茂霞村，荔枝树几乎遍布房前屋后，其中百年以上的荔枝树有六百多株。当地人说，因为荔枝树长相好、长寿、果实好吃，是再好不过的"风水树"。传说，当年陈氏一族还未来此定居前，这一带住着庄、汪两大家族。此田园就是庄姓人家的庄园，建有好几座造型精美的豪宅，亭台楼榭，花团锦簇，一个又一个的水塘轻舟泛波。庭院中，荔枝树开枝散叶高过屋檐，伸出外墙，宅院掩映在荔枝树下，如诗如画，人们便称之为"荔枝宅"。后因家道没落，庄氏家族远走他乡。而古厝也在20世纪60年代被当成"四旧"拆毁。现在这片田地下，只要往下挖一两米，就能看到当时造宅子的红砖，红砖诉说着一段历史、一段传奇，令人嗟叹。是的，没有什么能够真正永恒和不朽，除了脚下这深厚的无言的土地和辽阔的苍穹。田园里保留下来的十几棵荔枝树，其中有八棵聚集在一起的"八仙过海"和两棵五百年树龄的"永春荔枝王"。它们用自己的香甜，从容地翻阅世事沧桑，不禁让人感叹大自然的无私、永恒和强大。而伟大而又脆弱的人，吃着古老的荔枝，当肉身轻易地化作尘土，只有一种精神和美德，也许能像荔枝树王一样永恒！

树丛边，河水奔流，仿佛与岁月奔跑。而原乡人种下的美丽乡愁，却如古老的荔枝树，扎根在这片让你梦魂牵绕的土地里。

茂霞村有一处下灶古民居群，这里汇集了十多座古厝，如建于元皇庆元年的祥奏小宗、建于明弘治九年的敦庸堂、建于明正德七年的聚美堂、建于明崇祯五年的唯德堂和同在清康熙五十一年建的福春堂、赤路厝、贻福堂、美池堂、井居厝、贻华堂等，是全镇面积最大的古民居群。

这些古厝依然保存完好，河道顺着田边流过，房前稻田广袤，屋旁荔枝繁茂，门前听水响，窗外闻鸟啼，是一片自然与人文交汇的极具特色的闽南古民居群，也是清新与古朴相融的最佳诠释。大门边两只忠厚的看家狗不声不响地趴着，很是享受着与世无争的慢生活，用一双洞察世相的眼睛打量着我们，似乎已对来来往往的外来客习以为常。放眼田园，岵山人是真正的以农耕为本，一代一代繁衍生息的。

一方水土养一方人，岵山盆地土地平坦，水源充足，气候温润，极利于作物生长，特别是荔枝树。荔枝为茂霞人带来福祉，他们爱荔枝、种荔枝，一代一代从未间断。下灶古民居群有一段溪岸，因两边生长着古荔枝树，被称为"荔枝河岸"。每当荔枝成熟季节，碧波粼粼的水面映着红绿相交的荔枝树，微风中弥漫着荔枝的清香，让人沉醉在《诗经》里一般。

岵山荔枝皮薄核小，肉厚汁多，味道清甜，爽滑可口，色、香、味皆美。"永春荔枝王"连续多年年产优质荔枝约一千八百斤。"岵山晚荔"

还成为泉州市首个通过省级认定的荔枝新品种。早在 2012 年，岵山镇境内的一千八百一十一棵百年以上荔枝树全部被卫星定位，纳入数据库予以保护，可见岵山人的用心良苦。

而 2012 年以来，每年小暑过后，岵山人就会举办"岵山荔枝节"，游客们可亲自到荔枝公园参观游览，并享采摘之乐，顺道品尝岵山的美酒、老醋和风味小吃，朝圣清水祖师，欣赏掌中木偶，聆听南音……

茂霞村是岵山镇的骄傲和不可分割的一部分。她是温婉清美的、别具情味的，她底蕴深厚、气象万千。茂霞人保持一颗荔枝一样鲜活热烈的心，用自己勤劳的双手将梦想的生活描绘得格外缤纷和饱满。

隐于绿野的传奇

蔡飞跃

任何一个地方，一旦有了山水的滋养，色彩必定斑斓，生机必定蓬勃。距离永春县城五公里的岵山镇，四面青山环抱，绿水长流，古村落散落其间。老巷、古树、祠堂、宫庙、小溪……它们无一不是记得住的乡愁。岵山镇塘溪村，背靠西山，金溪、山斗溪绕村而过，山水赋予这个村子鲜明的个性。

班上里是塘溪村的一个角落，农舍依山而建、错落有致，掩映于绿树之中。村南的山斗溪经年流淌。福兴堂建于村子的最高处，由于此堂营建者是民国末期著名商贾李武宗兄弟，故俗称"李家大院"。

李家是从外地迁入的，其祖上是朝廷下派到岵山一带的粮官。因中意此地的山水风光，李粮官任职期满不走了，决定在班上里安家落户，以

"勤俭""耕读"为祖训。李家祖上重视经商置田，子孙颇得先祖家风，生意做得红红火火。

传至李武宗的父亲李世沂一辈，主要在永春县城和五里街经营土特产，货物销往泉州、福州，然后回购一些特色商品在永春销售。李世沂有三个孩子，排行老二的武宗，生于清光绪二十二年，最有商业天赋。

李武宗是一位传奇人物，他以挑货郎的角色走上经商之路，尽管大字不识一个，但机灵勤奋，从小跟父亲学得一些经商诀窍。李武宗谨记父训，做生意时依靠一个"德"字。有一次到一家熟悉的商铺进布匹，回到家中发现货筐底竟有数块金锭，李武宗没有据为己有，而是主动退还。店铺老板记在心上，后来在生意上给予李武宗不遗余力地帮助。

大凡事业有成，无一不是脚踏实地做事的回报。诚信品质给李武宗换来好名声，结交的生意场朋友越来越多。继承家业后，在李武宗和弟弟武庸的努力下，先后开办了火柴石厂、葡萄糖厂、纺织厂、药厂等，生意像滚雪球一样越滚越大，多有积蓄，便在福州、香港、上海，甚至美国广置房产，当时福州三坊七巷就有多间店面的产权归属李氏兄弟。

反哺社会是李武宗兄弟的做人准则。事业有成后，他们不忘回馈桑梓：1940 年创办启新小学，免费接纳贫穷孩子入学就读。时值抗日战争紧要关头，物品奇缺，李家兄弟出资从海外购买两轮船的粮食，无偿分发给福州饥民。与此同时，李武宗在财力、物力上支持抗战，帮忙运送军火物资。国民政府为嘉奖李武宗的义举，推选他为福建省政府参议员，并授予"视国犹家"的牌匾。

福兴堂开建于 1942 年，二进悬山式土木砖石结构，坐西南朝东北，由正门、门厅、天井、两厢、正厅和左右护厝组成，是一座中西合璧的闽南民居。

传奇人物营造了一座传奇老屋：从开工到竣工，福兴堂用了六年的时间。原因大约有三个方面：一是建筑雕塑种类多，汇聚了木雕、石雕、泥雕、砖雕、剪拈。石雕出自参与建造南京"中山陵""总统府"的师傅之手，做工极其精细；木雕由永春本地能工巧匠完成，同样精妙绝伦。二是正值抗日战争艰苦进行时，影响一些从外国采购的建材正常进货。三是李武宗1945年在上海吴淞口遭日本水雷袭击，不幸遇难，年仅四十九岁。

泉州古厝是"五代皇宫遗制"，承继晋朝士族衣冠南渡的威仪和气派。福兴堂则是以泉州古厝为基本蓝图，糅合西方的审美观念，中西合璧的形制，自然令人耳目一新。诸如：在顶落平面布置上，比传统民居多设一排石柱，采光更为通透；屋脊采用马背型，底下波浪是水形的山墙。地面铺贴材料局部采用外国生产的瓷砖，花色明艳，增强视觉效果。正厅的罗马柱的青铜纹样、丘比特雕刻，室内的八仙过海透雕、闽南饮茶四乐浮雕、展现从自行车到小轿车时代变化的木雕，以及反映中国历史典故的镂空窗棂，都富有极高的审美价值。逐一品味精雕细镂的构件和建筑装饰，总会由衷赞叹多元文化在这座古民居里完美融合。它所蕴含的人文内涵、艺术美学和历史价值，值得深层次的审视。

在福兴堂，欣赏对联是挺有趣的。隶书、篆书、正楷、行楷，龙飞凤舞，笔法遒劲，迷花了双眼。探究联文的真谛更有趣——辉绿岩大门上的对联"福不唐捐处世毋违十善道，兴堪计日居心要奉三无私"，规劝子孙要弘扬无私、行善的精神。而刻在显眼处的另一副对联"遵祖宗二字格言曰勤曰俭，孝子孙两行正路唯读唯耕"，目的是要让子孙后代永远记取家训。

对联往往展现业主的心声。石卷轴上的"国顺""家齐"，门柱上"人间千百年世家无非积德，天下第一件好事还是读书""看尽奇观不如书卷，尝来滋味无过菜根"等对联，以及清朝著名教育家朱伯庐的治家格言，显映李武宗的期许，其警策作用和教育意义都不容低估。而这些对联，也印证了李武宗兄弟是有思想、有内涵的人。

在闽南人的心目中，红色象征高贵、吉祥。在传统民居里，墙体用红砖砌筑，地板用红方砖铺贴。福兴堂正立面墙体砌筑的也是红砖，且用心拼接成一组组精美的图案。让人难以忘怀的是刻在砖墙上的两副对联，字体别具一格。内侧一副为"福如东海，寿比南山"比较容易辨识，外侧那一副只认得上联"金玉其章"，下联众说纷纭，最终没有达成共识。

绘画雕刻，是福兴堂着力体现的艺术。许多图画，是名画直接贴在石板上雕琢而成的。你看雕工刀笔下的花鸟鱼虫，是那么的栩栩如生。这种既显匠气又显文气的雕刻技艺，在现存的建筑物上已不多见。按照专家的说法，著名画家李霞、著名瓷画家陈尧民的作品，在福兴堂可以寻得着。正因为有诸多名家巧匠的加盟，福兴堂中一幅幅形象生动的绘画雕刻，感动了许多后来人。

值得一提的是，参与建造的石雕师、木雕师、砖雕师、泥塑师，以及画师，都是当时全国最顶尖的人物，故福兴堂在兴建时已名声在外。李武宗的至交——著名侨领陈嘉庚曾三次前来现场参观，高度赞扬工匠的技艺和工作态度，真诚邀请他们待福兴堂交工后，前往集美学村参与建设。从陈嘉庚三次作客塘溪，不难理解李武宗人脉广布；从福兴堂里惊现八闽罕见的精美木雕、砖雕、泥塑，不难理解此堂缘何被誉为"闽南传统技艺的绝唱"。

高颜值的古厝，门庭是不会逼仄寒酸的。门埕开阔的福兴堂，埕面大部分用石板铺贴，局部留作园圃；埕的外端，是一片长势喜人的龙眼树，映衬着老屋的沧桑和气派。福兴堂能够保存完好，实属不易。1947年建成后时局动荡，李家人散居南洋及上海等地，没能乔迁新居。中华人民共和国成立以后，福兴堂由政府管理，用作区公所、粮库，也曾驻过军队、种过草菇。1986年落实政策，产权交还李武宗后裔。再后来，福兴堂成为文物保护单位，人们才有幸目睹这座中西合璧民居的雄姿。

班上里自然村不大，六百余口人，却拥有儒苑堂、儒丰堂、儒林堂和三清宫等古厝名观，遵循是"背山临田，环水植树"。这是一种灵动的美，一种天人合一的美！泉州的一些地方，喜欢以"堂"或"厝"命名居所。岵山的宅名，不论老新，都有一个"堂"字，而南安官桥蔡氏古民居群则每一座都带一个"厝"字。说法不同，但表述的都是屋的意思。在前往山斗溪的路上，我们与清末炮楼不期而遇。这座炮楼距福兴堂不远，中间隔着一大片树龄百年以上的荔枝树，一看树干上长满青苔，便知经历太多的风雨。

炮楼建于清咸丰年间，格局与闽南传统建筑截然不同。我们情不自禁地留住脚步，定睛凝视：炮楼的平面呈长方形，墙体用毛石砌筑，一米有余的厚墙，哪能不坚固？楼的顶端，留有多个枪眼，仿佛在述说昔日抗御土匪的壮举。两层楼的高度，甚是壮观。环望之间，思绪油然飞扬。

迈开步伐前行，寒露将至，田间的稻谷正在抽穗。山斗溪的岸边长满了毛竹、龙眼、荔枝，它们像体态妖娆、亭亭玉立的美女，拂动着翠绿的叶儿，在翩翩起舞。溪中流水潺潺，流动着诗意。一棵四百多高龄的榕树耸立在溪岸，其旺盛的生命力，令人敬仰。这棵明朝的古榕，在它密密的年轮里，记录着塘溪的沧海桑田和人间的喜怒哀乐。它的每一条气根、每一根树枝，都像一张张写满故事的书页，在风中沙沙翻动，供一代代人品读。

在农耕社会，村落是基本生活单位和文化元素，拥有自己的内核、外形以及精神与灵魂，宗祠则是游子心中的图腾。从它的文化遗存和历史记忆里，不难找到中原文化的根脉。塘溪崇德祖宇是岵山陈氏一分支保持较好的祖祠建筑，建于清乾隆十五年。这座几次重修的祖宇，系二进歇山式建筑，养育了陈尊荣、陈亚琼、陈红勇等体育明星。他们艰苦拼搏，创造了一个个传奇，为国家取得了许多荣誉。

徜徉塘溪，我们这些现代都市人浮躁的心得到了安抚，我们在品读隐于绿野的传奇中感受淳朴民风，并心生无限的眷念。

八一腊月尽春风

陈开福

农历十二月是一年中最寒冷的时候，但古老的八一村却春意盎然。

此时的八一村有四种颜色：红色、黑色、紫色、绿色。红色是现代民居，无论半溪、青石，还是前坂、张坑，一排排、一幢幢红顶白墙的欧式别墅，赫然立于山前田边，充满现代气息，让人分不清是在国外，还是在国内。黑色是老祖宗留下来的古民居，以及20世纪五六十年代建设的"准古民居"，其中最有名的是刘茂千老宅、桂林堂和允升楼。紫色是莴苣，一畦畦，一排排，整整齐齐，生机勃勃，仿佛胜利日大阅兵的方阵，毫不杂乱，非常养眼。绿色是森林和草皮，无论山上山下、房前屋后，还是道路两旁、厂房四周，八一村的冬天都是青绿青绿的，还有很多鲜花正在盛开，很难看到严冬的影子。

八一村是一个传统村落。全村共分四个自然村，前坂自然村以刘姓为主，青石与张坑自然村以朱姓为主，半溪自然村以江姓为主。在明朝以前，这里居住过张、高、董等姓氏，所以八一村的旧名叫"张坊堡"。1954年搞合作社的时候，因为时间刚好在8月1日，与中国人民解放军建军节同日，所以就改村名叫"八一"。刘姓于明朝迁往五一青水湖后再迁到八一村、五爱村。清朝时，朱氏、江氏随后迁到八一村。

张坑自然村的古民居，除了桂林堂与允升楼建设在农田中间外，其余均依山而建，房屋后山地形以丘陵和田地为主。张坑自然村四面环山，形成独特群落，共有十一座保存完好的古民居，而且集中连片，其中以光裕堂最为典型。古民居座座雕龙画凤、造型精美，厅堂挂有牌匾，墙上画有壁画，有些家里还有当时有头有脸人物的题诗题词。

张坑自然村的古民居都是清代建筑。其中桂林堂为三进的大四合院，前面有一口大鱼池，比一般房子门前的鱼池要大很多。鱼池与大门之间是一个长方形空坪，铺有鹅卵石。大门上面有一牌匾，上写有"理学之宗"四个大字，表明他们是宋代理学大师朱熹的后裔。左右十几米处各开有一道石造小拱门，门上方有字，右边的字已经不见，左边的是"璧聚"两字。

与大门相连的房间比较小，每一边有七间，两边共十四间。进了大门是宽阔的大坪，大坪进去是二门。两边也各有一排房间，一边也是七间。过了这排房间还有一个天井，再进去就是大厅。天井两边的房间与大厅两边主卧相通。大厅中间是神龛，神龛里供的是祖宗牌位。神龛前面摆一张雕花供桌，两边各有一个小门，通过小门后面有一块环绕大厅的空地。再往里是第四排房间，据说过去是用人或地位低下的人居住。主卧室两边厢房通往最外面的厢房，左右各有一排，每排十几个房间。从其占地之大、建筑规模之巨，可以看出当年朱家的辉煌。听说以前整座房子曾住过几十口人。今天村里年轻人比较少，大多外出打工经商了。

桂林堂右边为山，左边是农田。古人讲究平

衡，认为左边太低儿子不容易出头，于是就在左边盖了一座土楼，名字叫"允升楼"。允升楼为圆形夯土建筑，基础高达三米，上面土墙也有两米厚，共两层。上层几十个房间，墙上布有枪眼、窗户、瞭望孔，中间建有一座更小一点的房子。允升楼既是一座风水楼，又是一座"战备楼"，遇到土匪袭扰人们就可以到里面躲避一时。

桂林堂和允升楼外墙共有六条抗战时期的标语。桂林堂有四条："良民为良兵的基础，良兵为良民的模范！""优待出征抗敌军人家属！""逃避兵役是犯法的行为！""冲上战场，打击日寇，为死难同胞报仇！"允升楼墙上有两条："服行兵役是中华民国男子应当的义务！""服行兵役是光荣的事业！"

八一村文化氛围浓厚，舞龙舞狮，唱歌跳舞，蔚然成风，其中最有特色的是九节龙。九是十以内最大的数字，一般人不敢用，但八一村却用了。传说明朝末期，正德皇帝非常厌烦皇宫生活，私自跑到江南，有一次就来到八一村附近的皇城寨，在这里玩了好几天，后来被宫里的大臣和太监追踪到了，好说歹说劝了回去。皇帝走后，村里这些姓朱的村民很是怀念，就做出一条九节龙，配上四根华表一般的灯柱，过年的时候就拿出来舞一舞。时间长了，就成为一种民俗，属于非物质文化遗产。

随着农村生态休闲旅游的兴起，八一村也开起了农家乐，农民开始向职业化、专业化转变，跟上了时代的步伐。

如今的八一村，家家有花，处处见绿，古老的村庄披上了盛装，春来山花烂漫，夏至荷香袭人，秋到瓜果喜人，冬抵莴苣飘香，成为山区新农村的一个代表、一个典型。

吉山文化的龙脉

洪顺发

　　最近十余年，我一回回走进吉山，在青山绿水、田园人家里徜徉，流连于天人合一的房屋布局，逡巡那雕梁斗拱的细节，进出于支离破碎的陈年旧事，渐渐地、惊喜地发现一条清晰的脉络。

　　在民间，习惯给房屋取名字，下吉山的"燃藜堂"取何意？原来，"燃藜"是有典故的，说的是汉朝史学家刘向和太乙仙人的故事。《红楼梦》第五回提到《燃藜图》，说的也是这件事。这座房子是清康熙年间举人刘高贞建造的，以"燃藜"命名，是希望子孙勤学苦读，出仕报国。

　　与永春堂、永福堂等等相比，这燃藜堂鹤立鸡群般彰显出其不俗的追求。1938 年夏天，福建省教育厅厅长郑贞文借居于此，主持全省的教育工作，轰轰烈烈推行"笠剑学风"，把学习书本知识和参加农业生产及军事训练结合起来，培养时代新人。"笠剑"思想形诸两个具体物品，一是斗笠，一是短剑；斗笠上书"风雨无阻"，短剑上镌"成功成仁"。

在清清的文川河岸，有一座和住宅毗邻的书院，名叫"图南山馆"。"图南"出自《庄子·逍遥游》："背负青天，而莫之夭阏者，而后乃今将图南。"这意思是大鹏鸟先升到高空，而后才开始飞向南海。清嘉庆年间，刘应春、刘应光兄弟兴建书院，取抱负远大之意，也正是图南山馆对联"云程九万扶摇上，园名不负榜图南"的意思。

萃园由刘奇才于清顺治年间修建，坐西向东，配有江南园林似的荷花池、水栏。双重围墙，外墙较高，内墙只半人多高，纯粹用以修饰，让浅浅的院落隔出庭院深深深几许的幽静。两道围墙之间环绕着玉带似的活水，生动了源头活水来的书香灵气。园中对联"吉水泽兰草松竹聚萃，山风鼓莲荷桃李满园"，首字尾字分别嵌"吉山""萃园"，别出心裁。圆形的内门边，那一面照壁上有一幅画，几百年过去了，花草树木还栩栩如生。前厅匾"堂沐文曲"，正厅匾"耕读济世"，表明主人的志趣与追求。

棋盘厝建于清嘉庆年间，是吉山刘氏第十世刘元功和儿子刘建龙先后建造，以象棋棋盘格局设计，中间是一个天井，即"楚河汉界"，南北对称展开，各有正厅、后厅和厢房，田字格，方方正正，两两遥相呼应。也许，这是中国象棋独一无二的棋盘？

没有想到棋盘时，它是普通的民居。想到棋盘时，不论你站在哪一个点上，都感觉到自己像一颗小小的棋子，和前后左右、兵马将士都有关联，而且不是一般的关系。局本来就无处不在，有的人看得清，有的人看清一部分，有的人懵懵懂懂；只有全局在胸，才能处变不惊，履冰无险。油然敬佩设计建造者，因为他将人生智慧与日常起居这样融汇无痕，这样默默提醒子孙后代的行行藏藏。

"世事如棋，让一方不为亏我；心田似海，纳百川方见客人"。离开前，再读一遍这副对联，对为人处世会有更深切的体会。

复兴堡坐落在文龙村冬前洋上，方形，坐西朝东。从国道上隔着田野遥望，它犹如古代的一座小城池，高墙巍巍。东面拱券的大门有高高的石板门槛，厚实的对开大门上沟壑纵横，显然肩扛了相当岁月的安全使命，门楣上方有"复兴堡"三个大字。

文龙余氏于明朝末年由上坪余荆山迁来，后百余年始修建复兴堡。堡名"复兴"，据说寄寓"反清复明"之意。1944年初春，国民党直属台湾党部进驻复兴堡。从此，这座长方形的余家大土堡，它的政治意义不再是"反清复明"，而是与时俱进，开启了"收复台湾，振兴中华"的新纪元。谢东闵、丘念台等一批仁人志士在这里运筹帷幄，1945年初在这里创办的《台湾问题研究季刊》留下不可磨灭的功绩。小小的吉山，与祖国统一和民族团结的神圣使命紧密相连。

北陵山上原有座四贤书院，下吉山文昌阁有座七贤书院，承继的都是朱熹理学的传统。吉山文化走正道、大道，有底线，更有高度。这样的土壤，自然水草丰美。所以，抗战时期，许多新的文化活动进入吉山，很快就在融汇中蓬勃发展起来。

永安一中的前身是永安中学，位于溪山一角的"东方月"，首任校长林天兰。他当时五十多岁，两鬓挂花，身材中等，面貌慈祥，是留学美国的文学博士。学校还在筹建的时候，他就创作了校歌歌词，请作曲家邓锦屏谱曲，一开学就教唱，作为建立校风、学风的一项措施。歌词分两段，描绘优美的校园环境，表达敦品励志、求知钻研的旨趣，身在乡隅，志怀天下，对同学提出殷切的期望。

教育厅请工匠在崇仁堂西边的一棵古樟边修建一座别致的房子，仿照当地敞厅结构，中间是三面墙的客厅，两边各一楹，前后两间，向客厅开侧门。它的别致在于，外墙全用碗口粗的松木拼成，并且长短横竖巧妙组合，内墙以毛竹拼成，松竹气节，简朴雅致，里面的桌椅橱柜，也全是竹器。客厅正门上方挂一匾，匾上钉上褐色杉树皮，中间"笠剑轩"三字镂空，涂上蓝色的泥灰，其间掺入碎玻璃，闪闪发光。就地取材，又别出心裁，这就是郑贞文的得意之作——教育厅厅长办公处。客厅中央挂孙中山像，左右两面墙上分别是一幅书法，左边是"具慈母心肠，运良师手腕"，右边是"立士人气节，做学习楷模"。

郑贞文对松柏和翠竹情有独钟，矢志推行"笠剑学风"，卓有成效。他创作的《笠剑学风》歌慷慨激昂，广为传唱，影响全省千百万青年学子。

1942年夏，黄曾樾为了陪护年老的母亲，特意调回永安工作，在妹夫刘知新的帮助下，在大夫第边上结庐而居。他嗜书如命，没有余钱，他的岳父甘联璈曾是海军第二舰队司令，助他一臂之力。只十几天时间，四间整洁雅致的小平房竣工了。黄博士名之曰：慈竹居。

房子建好了，黄曾樾一家七口簇拥着老母亲搬入新居。一家人欢声笑语，其乐融融，享受天伦。七尺男儿，尊老爱幼，传为佳话。1944年底，他从这里赴福州担任市长。

慈竹，竹之一种，民间俗称"子母竹"，黄曾樾慈竹居大约取义于此吧。作《滕王阁序》的才子王勃曾作《慈竹赋》，句云："有偕老之情，感馈亲之养。"

上吉山音乐专科学校的校训是"刻苦耐劳，团结合作，奋发前进"。1942 年初冬，"江南才子"卢前来上吉山担任校长，他发觉师生的精神不够振作，为了给同人鼓劲，将自己的住处兼校长室小楼命名为"练存轩"，阐明艰苦训练是生存发展的根本，也即"生于忧患，死于安乐"的主题。

教授住宅后边松树下，有一座小茅亭，本来没有名字，课余时间，常有学生或老师在那休憩或弹唱，卢前名为"中兴鼓吹亭"，并请当过永安县长的诗人叶长青题写。外教尼哥罗夫教授配合这个主题，创作《中兴鼓吹乐》曲。从此，练存、中兴的字句化作行动，"播诸管弦，一时传为盛事"。

趁热打铁，卢前发乎诗兴，创作《练存轩铭》，推波助澜。此铭词清句丽，赏心悦目，读来振奋精神。

"宝应"是唐代宗的年号,江苏省的宝应县就是唐代宗时设立的。"宝应"取"胜宝应真"之意,该词出自佛教术语"真如"。佛教中"真"代表绝对真理,"如"是仿佛,无限接近的意思。宝应作为年号,蕴涵唐中晚期王室向往富强的愿望。没想到,连北陵山下的这座宝应寺,都寄托着中兴富强的愿景。

这样看来,"燃藜"、"图南"、"萃园"、"复兴"堡、棋盘厝和这"宝应",其精神实质是一脉相承的。郑贞文的"笠剑轩",黄曾樾的"慈竹居",音专的"练存轩""中兴鼓吹亭"和音专校训、音专精神,又是这一精神的发扬光大。在耕读中勤勉奋发、励志图强的精神,身在山乡、志存高远的胸怀,爱乡爱国、勇担责任的秉性,忠孝仁义、高风亮节的情操,这就是蕴藏在吉山文化中的脊梁、龙脉,几百年绵延不断,充满殷红鲜明的正能量。

新西古韵

老　开

　　"少了冯刘朱，小陶不成圩。"这是流传在永安小陶一带的民间顺口溜，意思是说冯、刘、朱是小陶的三大姓，如果三大姓的人不来，小陶集市就成不了圩了。三大姓中冯姓排在第一位，说明冯姓是小陶大姓中的老大。

　　小陶冯姓集中居住在新西一带，这一带古称"麟厚"。麟厚是个盆地，位于镇区东部，20世纪50年代为麟厚公社所在地，四周青山连绵，中间田畴万顷，屋舍俨然。明清时期，这里经济相当发达，仅次于连城县的姑田镇。

　　明清时期的连城县姑田镇以造纸行业著称于世，连城宣纸至今还具有相当的名气。新西村冯氏生意人与姑田镇渊源深厚。冯氏家族在宋朝末年从小陶镇上坂村迁居这里繁衍生息，是最早到麟厚居住的姓氏。上坂村与姑田镇下余等村交界，有生产制作纸业的原材料"竹丝"的传统工艺。冯氏祖先将这一工艺带到麟厚发扬光大，不但大量种植毛竹，制作竹丝，也制作一定的毛边纸、粗纸等。为了便于人工挑运，将竹丝卷成圆形，放在山上晒干。竹丝可是易燃品，每年大年三十到次年的正月十五之前，凡有生产竹丝的家庭必须安排人员到自己山场值守，避免在过年期间燃放的孔明灯不慎掉入竹丝中将其烧毁。晒竹丝的整片山场呈银白色，因此就称这里为"银麟厚"。

这些竹丝运到姑田镇将换回银锭，带动了麟厚经济的繁华，部分冯氏人员还通过贩运纸张、农副产品、木材等到南平、福州等地交易，带回更多的银圆，在自己家乡建起了深宅大院，展示自己的经济实力。因此这里多数房子与姑田镇房子风格相近，但保存得完整一些。

时过境迁，新西古民居群依然像一颗璀璨的明珠屹立在小陶的东方，成为旅游的好去处。

槐秀堂，坐西朝东，由门楼、围墙、空坪、下堂、天井、正堂、化胎、厢房、护厝、围屋等组成合院式建筑。门楼开在房屋正前方，三楼四柱。房屋南面设有边门楼，坐北朝南，下堂面阔五间，进深五柱，中间设有屏门。正堂面阔五间，进深八柱，前有卷棚、梁架、驼峰，雕刻镂空花卉图案，上、下堂均为悬山顶穿斗式结构，地面为三合土夯制。房屋南面建有土堡。该建筑为清代风格，内部雕刻精美。

据载，槐秀堂由冯骥建造。冯骥，名学清，字德芳，号调圃，不但有功名，而且在资本运作上也颇有成绩。据说他在小陶镇湖口村买了大量田地和山林，并且租赁给本村或湖口的村民种植，山林、毛竹山生产出大量的木头和竹丝，获得高额的回报。他在盖了瑞元堂后，再盖槐秀堂。这时更注重家庭的安全，建筑风格除了与瑞元堂相仿外，还在右侧护厝上建了土堡，在遭到外来侵略时，家族人员可以到那里避难。门前一条较大的水渠环绕而过，叫作"玉带缠腰"。

瑞元堂的建筑时间为清晚期。房屋坐西朝东，由半月池、门楼、围墙、院子、下堂、天井、厢房、正堂、化胎、两层后屋、左右各两列横屋组成合院式建筑。大门开在正前方，为砖砌门楼歇山顶，三楼四柱，背面门额阴刻"挹爽"二字。下堂面阔五间，进深五柱，有屏门。正堂面阔五间，进深七柱。上、下堂均为悬山顶，穿斗式结构，内部梁架、驼峰、雀替、挂落、门楼等部位均雕精美吉祥的图案。正堂地面为方砖，下堂地面为三合土夯制，天井为石板。该建筑中轴对称，保存较好，内部构造木雕精细。

悖五堂曾是新西村最壮观的房子，位于新西村西侧。房子坐西朝东，现只剩正房。正房前大坪上有着明显的三合土、石板条、围墙和前方的半月池等遗迹。正房面阔五间，进深七柱，大梁雕刻牡丹、凤凰，左侧有附属房棋盘屋。这座房子因为冯家子孙抵制民团收取苛捐杂税而被民团烧毁。

那是1931年，新西村冯锦新带领村民抵制民团收苛捐杂税，与小陶进来的民团头目"鸭姆田"的队伍发生了冲突，冯锦新带领村民将鸭姆田队伍打到青竹坑的土楼内。第二天鸭姆田带大批民团队伍冲进新西，要求族人交出冯锦新，否则就烧毁房子。冯家人没有将冯锦新交出去，于是民团动手烧房子，将惇五堂烧毁，并扬言还会再来烧房子，直到交出冯锦新为止。为了躲避鸭姆田的纠缠，冯锦新举家到宁洋城（现双洋镇）居住，居住一年多后又回到新西村。1933年3月张鼎丞部队来到新西村打土豪、分田地，冯锦新毅然抛家舍业参加红军。1933年10月护送一位重要客人——张鼎丞夫人去小陶码头后，冯锦新在回新西村的半路上被民团抓获，送到小陶民团营地，被民团用竹钉折磨致死。冯锦新牺牲后，共和国没有忘记他，将他评为烈士，并对其家属给予照顾。

慎修堂位于新西村37号，坐西朝东，房屋由半月池、门楼、大坪、下堂、天井、正堂和左侧二直，右侧一直厢房组成合院式建筑，地板为三合土建成。门楼三楼四柱，门楣正面字迹模糊，背面门楣有"旋吉"二字，左侧壁画为松鹤，右侧壁画为荷花。下堂大门两个门神，左侧为秦琼，右侧尉迟。下堂面阔五间，进深五柱，地面为三合土夯制。正堂面阔五间，进深七柱。

左侧厢房与下堂花门保存完整。

据《始平冯氏族谱》记载，慎修堂为冯国雅（字绍儒）所建，为典型的围楼式建筑。慎修堂背后是半圆围墙，一旦后山溜方或山洪时，可将危险分两侧承当，给家人争取更多的转移时间或机会。

新西出了一个留法博士。据《始平冯氏族谱》记载，冯作舟，字用楫，后去法国留学，1936年赴越南，任法国棉纱染织公司主任兼技师。在越南工作期间，他与越南主席胡志明交往密切。胡志明非常器重这位来自中国的高级知识分子。随着年纪增大，冯作舟思乡的情意越来越浓，将想回中国定居的想法告诉了胡志明。胡志民为了挽留他，不肯给这位中国博士签证。思乡情切，他找到了中国驻越南使馆，并说明了想回家的缘由，并让使馆工作人员将他的想法向他的同学周恩来总理汇报一下。中国使馆工作人员通过电报向周恩来总理汇报。周恩来说他确实是有个留法同学叫冯作舟，为了慎重起见，要求使馆将他的照片寄去核实。于是冯作舟将他在法国留学时的照片通过使馆寄给周恩来总理核实，同时附上他想回国的缘由与申请回国定居的信件。周恩来总理也了解到胡志明主席挽留冯作舟的想法，为了支持越南国家发展，于是周总理作出了批示，同意冯作舟每五年回国探亲一次。1964年冯作舟带着家属，回到阔别近四十年的新西村，住在老家立纲堂，有说不完的情、诉不完的思念。临走前他说再过五年一定再回来。"文革"开始后，他的梦想没有办法实现。1971年他在越南去世，享年七十五。

这座立纲堂充分利用地理位置来建设，化胎后楼、房子与前面半月池构成一个圆，将整个房子包在其中。而化胎后楼外地势较高因而建成围楼式，可避免险情发生。半月池前方地势也比较高，建房时就顺着半月池外围建多层半月池，最后将所有的水汇总到半月池，再从半月池右侧排出。房子设计合理得体，形成一个大圆形，尽管四周地势比中间房子更高，房屋仍能较好地排水。从堂号上看，立纲，就是立纲领，规范子孙行为，同时也鼓励子孙勤学、苦练，学有所成，设立纲常，规范村民的行为。

　　新西的古民居让你仿佛有时光倒流的感觉，看不完，想不尽。房子内部精美绝伦的雕刻，以及墙上的壁画、题诗，特别是一处"鸟书"——用鸟的形状写的一首诗，更是别具一格，让人叹为观止。

探访肖家山

黄明生

三十多年前，我为收税来到肖家山，而这次是为采写肖家山的"古"事而来。

故地重游，眼前的风光依旧，茂密的树林环抱村庄，清澈的小河汩汩穿村而过，低矮老屋绕村道而建，水田池塘古井星散布局。这是一个承载着"九山半水半分田"的古朴山村。

行至肖家山村口，村书记突然把车停下。原来，靠山边的几棵叶樟树（村民称"小叶香"）把人给吸引住了。只见小叶香真够缠绵的，树枝之间互相牵连，看不出是谁先伸出枝条缠绕住了对方，最终形成了一个不可分辨的整体，一时间"在天愿作比翼鸟，在地愿为连理枝"的古老诗句在心中荡起。

"小伙子、姑娘们喜欢到那里摸一摸，抱一抱，希望可以找一世好姻缘。"书记打趣地笑说。

其实在肖家山的古树群里，这只是其中一道风景。在这深秋季节，村庄的山坡上，树身不高的乌桕叶叶飘丹，一簇簇的漆树和红叶李争奇斗艳，野柿子如同小灯笼挂满枝头，还有枫树、落羽杉、无患子等满山红遍，层林尽染，构成一道道让人难以忘怀的绚丽的风景。

肖家山，也作"萧家山"。可是，这个古老的山村，既无萧姓居民住户，也未曾有萧氏先民外迁，那么又为何取名为"萧家山"呢？

据胡坊民间传说，古时候，这山村名为"夹山寨"，又叫"小菜园"。小山村只居住一户两老一幼，小山庄夹架在日峰与月峰两座古寺所在的山岭上，故名"夹山寨"。北宋宣和年间，有位名萧法明的四川人，修炼得道后云游四方。他过杉坑，走古道，登山岭，路经夹山寨。他看到这里群山逶迤、峰峦秀丽、田园沃野、清泉甘洌，便选择在村口古道旁的一处陋屋住宿。他"传伐薪煤炭之技，教草编织席之艺，授烧瓦造房之法，习草药治病之术"，又不计报酬，乐善好施，渐渐赢得百姓的尊重和喜爱，大家都尊称他为"萧公"。每逢圩日，村民就会挑着打好的草席到城关或胡坊市场出售，以贴补家用。但由于打草席很辛苦，所以小时候听过父母教训孩子最多的口头禅就是："如果不好好读书，就把你卖到肖家山去打草席。"

南宋淳祐年间，在归化（明溪）县衙的推动下，肖家山、大焦、石珩、六合、瑶奢、梓口坊等村庄相继建造庵、堂、殿、庙，共有二十余座。胡坊民众为了纪念萧山祖师的义举善行，弘扬美德，便将"夹山寨"更名为"萧家山"，并且在东坑际村古道旁建石浒庵，主祀萧公祖师，而将村民自酿的米酒称为"萧公酒"，把水尾廊桥一段最宽的古驿道定名为"萧公路"，至今已近八百年历史。

清嘉庆五年修的余氏房谱记载，余氏十九代朝议大夫志朝公，从江西入闽定居将乐光明余家坪，其第二子丙二公，在绍定辛卯年迁往眉溪空下，生二十六郎公迁往清流高城，于宋景元年迁往肖家山。再翻开族谱上画出的村图来看，肖家山村是个莲花型，里面分布着八井九池塘。

因为这种地形，建造了一座水尾桥。此桥始建于清乾隆五十六年，清咸丰年间毁于一场战火，清同治四年重修，保存至今。水尾廊桥系单孔石拱桥，廊壁上画有一幅周武公镇妖的神像。其神龛旁竖立一块"公禁石碑"，刻有旧时乡规民约。凭栏眺望，远方的青山耸峙，树林掩盖了早年的战壕。

说是当年太平天国石达开部队经过肖家山。为此，惶惶不安的肖家山村民有的举家迁移他乡，有的躲进山林，甚至发生过"未有翻船先跳河"的惨景。

当时，肖家山余氏族长余庆保，召集两百余名青壮年进行保家自卫训练，同时到胡坊招募乡丁兵勇，决心与村庄共存亡。他们派人日夜看守险关隘口，兵分三路驻扎在岩头寨、坳头岗和扇风寨三处制高点，修战壕，固寨墙，准备大量的檑木、滚石，岗寨之间，烽火报急，密切配合，一方有难，各方支援。清咸丰八年九月的一天，太平军先锋爬上古道，欲进肖家山时，遭到村民的顽强抵抗，无数的檑木、滚石在陡峭的山岭顺势而下，太平军损兵折将，屡攻不下，只好退守岭下。第二天，太平军吸取硬攻山寨失败的教训，决定雇用长期在当地做木匠熟悉地形的村民做向导，一小部太平军化装成避难群众悄悄避开险关隘道，迂回到杉坑西侧，通过岗寨之间林深小径，潜入肖家山村庄。当日，太平军放火烧光了房屋，把在村里的人赶到新领对面的一个山坳里，杀死手无寸铁的村民，酿成一场历史悲剧。这山坳后被称为"杀人坑"。

族长余庆保率领村民阻击太平军进犯有功，归化知县黄镜海于清同治二年，奏请朝廷，恩授其八品官衔。九死一生的余庆保还主持重建毁于战火的余家宗祠。如今余氏宗祠的大门联写着"新安家声远，八贤世泽长"。门槛上"瑞腾剑井"四字清晰可见，寓意深刻。

村民说，水尾桥之所以得以留存下来，据说是因为造桥的师傅在造完桥之后参加了石达开的部队，职位不低的他力阻官兵烧毁桥，故廊桥才得以保存下来。如今，桥梁上还依稀可见他的亲笔落款，或许可为见证。

走过桥，我们步进石块铺就的古驿道。

对这古驿道的由来，一种说法是，元末陈友定为了在十公芜、丝线岗筑堡设垒，率千军万马修筑了这条古驿道。如今古道旁有天然泉水，可供行人止渴消疲，登上山岭，回首俯瞰，县城风光尽收眼底。肖家山古驿道地势险要、关隘寨堡甚多，堪称兵家必争之地，境内的岩头寨、扇风寨、坳头岗等居高临下，给人以"一夫当勇，万夫莫开"之感。1931年6月始，工农红军先后七次进驻胡坊，发动群众，建立红色政权。红四军十三师宋任穷、十九师萧劲光等红军将领曾多次从三元里桥出发，开展革命斗争，留下了不可磨灭的足迹。1950年1月31日，人民解放军二六一团指战员从永安出发，直下肖家山古驿道，一举解放归化城。

我们顺着古道缓缓而行，看见道中有个"石门槛"。从这里往下望去，三块紧密相连的稻田衬托着一个长着茂密林木的山包。

而始建于清乾隆八年，处在水尾古道旁的泗州庙，独奉一尊泗州古佛，又称"文佛"。

肖家山村东侧的山脚下，有个"日峰寺"，原名为"观音堂"，始建于明崇祯元年，正殿祀奉观音菩萨、定光古佛、伏虎禅师、吉祥如来等，走廊左边祀奉韦驮天尊，右边祀奉伽蓝菩萨。还有个月峰寺，又名"罗汉庵"。据《明溪县志》载，月峰寺始建于北宋大观元年。歇山宫殿式建筑，分上、中、下三殿厅。寺内主祀定光古佛、观音菩萨、伏虎禅师等。

走进肖家山，恐怕就会听到村民风趣地对你说，每次走在弯弯曲曲的石头路上，总想低头看看有没有宝藏突然冒出来。因为这里有着一个宝藏与人性有关的故事。

传说，当年在清流林畲圩上有个胡子过胸的瞎眼老人，老人总是掏出两个金钩将胡子往两边耳畔挂着。肖家山有个孙官人觉得好奇，就买了一碗馄饨给他吃。老人看他有点善心，便道："上个岭下个岭，黄金有七锅。七曲三凹半，黄金还三罐。"老人还对他有过交代，如果有良心就会得到全部，没有良心就会全部败光，言下之意，自然明了。孙官人按照这个神秘的说法，回去后到处寻找，最后听说只找到一罐。找到财宝后，孙官人只顾买田盖房成家，完全忘记还有老人后面的交代。因为他财迷心窍，后来果然生了个儿子叫"八败"。八败败家的方式可谓别出心裁，即用筛谷机将金银锡箔从高处往下吹动，炫耀财富，不久就把财产败光了。

传说当年洗劫肖家山的土匪头目就是瞎眼老人，因财宝来不及运走，只好埋藏在十里的古石道下。

当我们从肖家山村走出来时，整个村庄笼罩在宁静的暮色里，还听说村里有如烟如雾的瀑布、流传已久的舞黄狮活动、精神矍铄的老寿星……本打算前往走访探视，但因天色已晚，只好作罢。

火山口里的古村

廖康标

记得第一次去翠竹洋是 2009 年春夏之交，当时陪同中央电视台国际频道《走遍中国》栏目组记者到那儿拍摄关于明溪蓝宝石的节目。此后，这个建在古火山口里的村庄的倩影就经常在眼前浮现。但由于当时对翠竹洋了解不够，所以一直想再次身临其境。

今天终于如愿以偿。仲秋的山村，蓝蓝的天空、白白的云朵、青青的山峦、清清的溪水，映衬着一片深黄一片浅黄的稻田。

上翠竹洋的路都是盘山的砂土小路。路又小又弯又陡，坎坷不平，许多地段路的下方就是两三百米深的悬崖峭壁，想到驾驶员路况熟悉、车技娴熟，才不致胆战心惊。终于到了山顶，映入眼帘的是一片青翠茂密的竹林，一根根毛竹又高又粗，煞是喜人。大家都不约而同地下车走路，与诱人的山野风光来一下亲密接触。林间小路几乎透不进阳光，一阵山风吹来，竹叶沙沙作响，身上刚出的微汗立即消失，开始感觉到一股凉意。

小路一边是山，另一边是一块小"盆地"，透过竹林的间隙可以看到，"盆地"的东、南两边错落有致地排列着几十幢老旧的木板瓦房，这就是火山口里的村庄——翠竹洋，而承载着这个村庄的"天坑"自然就是古火山口了。

古火山口东、南、西三面较高，北面较低，形状好似一个大"簸箕"，面积约三百平方米。据地质专家考证，这个火山口是一千五百万年前火山爆发形成的。东、南、西三面的山包是高六七十米的火山坝，北面则是熔岩的流沟。此时，我仿佛看到了当初火山喷发的壮景：天地在呼啸，巨大的"火龙"蹿上天空，火山灰遮天蔽日、笼罩大地，草木消失，鸟兽灭绝……一千五百万年，何其遥远！当初火山爆发，给这里带来毁灭性的灾难，千万年后却成了人类的福祉。坚硬无比的火山石中蕴藏着丰富的蓝宝石、红宝石，使明溪县成为"中国四大蓝宝石产地"之一。厚厚的火山灰则变成肥沃的土壤，既疏松，又保水，还富含许多有益的矿物质和微量元素，被人们称为"神仙土"。汤代平十分自豪地向我们介绍，翠竹洋的土地好神奇，种植的作物不用施肥都比其他地方长得快、长得好；村民挖地瓜可以不用锄头，用手刨即可；翠竹洋的农产品在市场上即使价格高出许多，人们也争相抢购。对他的话，开始我还半信半疑，后来亲眼看到家家户户豆棚上挂满肥大饱满的鱼豆，特别是在路边看到异常硕大的冬瓜时，才相信他的话没有丝毫夸张成分了。他说，他自己就种出了一个一百三十多斤的冬瓜；村民汤术生种植生姜，一年能够收获两万斤。

对于脚下这片膏腴土地的来历，村民们说得更多的是来自神仙的赐予。传说，很久很久以前，玉皇大帝体恤人间疾苦，命令一神仙从天上挑了一挑"神仙土"下界，要倒在土地最贫瘠、人们生活最困苦的地方。神仙看到翠竹洋山高、路陡、水缺、土瘦，顿生恻隐之心，毫不犹豫地把"神仙土"倒向翠竹洋。这个传说，给翠竹洋抹上了一层神话色彩。

翠竹洋还有更大的"宝贝"。对了，就是宝石。在翠竹洋的山上、田里、路边，经常随便挖几锄头，便能挖出宝石原石来，就看你识货不识货。村民们几乎家家户户都存有几麻袋，甚至几水缸的宝石原石，放在家里待价而沽。听一位宝石商人说，他早年就在翠竹洋花六千多元向村民买了一块原石，竟雕琢出一颗中间有"孔雀开屏"图案、异常奇特珍贵的蓝宝石。这个宝贝，现在他至少要卖两百万元。

"寻宝"是专业人员的事，一般人来到翠竹洋，首先是去观赏罕见的红豆杉群。从东村口沿竹林间的小路前行四百米左右，便到了西村口，红豆杉群就在这里！一棵、两棵……看去几乎胸径都在一米上下，高十多米到二十多米，估计树龄都有大几百年，甚至千年以上。其中一棵可谓"树坚强"，树干被雷电劈去一半，树心也空了，仍然枝繁叶茂。高大的红豆杉在翠竹洋的其他地方还有不少，而杉树、柳杉、枫树、栲树、柯树、苦椎树等参天大树更是随处可见。这得益于一代代翠竹洋人对自然生态的细心呵护，听村民讲的两个故事，我们就颇有感触。在 20 世纪 80 年代，村民们砍倒五棵大杉木，仅用树尾就做成二十三口棺材。你可能要问树头的下落，我想应该是用去做祠庙的梁柱了吧。翠竹洋村尾有个供奉民主公的小庙，庙后还挺立着两棵树龄三百多年的巨大杉树。村民说，大树之所以能够存留至今，是因为有一种传说：谁敢去砍伐，"民主公"就会变成大老虎把他吃掉。我想，这应该是村里的先贤编出来的故事，目的是向后世子孙永久传承善待自然、保护生态的理念。

走进村庄，感觉村子略显荒凉，村民很少，遇到的几乎是老翁老妪。多数人家都是"铁将军把门"，有的是外出劳动未归，更多的则是举家搬到城里居住。村民说，小村子鼎盛时期住着三百多户人家，"小盆地"的东、南、西三面被房屋挤得满满的，人们在雨天走家串户都用不着撑伞。现在，常住在翠竹洋的只剩二十几户人家了。翠竹洋坐落在海拔将近九百米的高山之上，没有河流，小溪也没有，村民以前饮用井水，现在每家都装了抽水泵，抽上来的地下水清纯而甘甜。全村原有四口井，据说是元朝时挖掘建造的。其中一口因为曾经淹死过一个小孩，村民们就把这口井给填平了。从这件事，我们又看到了翠竹洋人的仁心善念。后来又挖了一口，所以村里现在还保存着四口古井，村民仍在用井水来洗衣裳。

汤代平指着一片稻田说，那里原先是一片清澈的水面，有三十多口池塘，最大的一口叫"月母塘"或"月塘"，可惜"农业学大寨"时期几乎被填平做稻田了。现在稻田边上还有一口小池塘，池塘里浮着一群懒洋洋的鸭子。不能不佩服古人的眼光和品位，当年生活那么艰苦，也要保留一池清水、一处景观。

翠竹洋居住着汤、罗两姓人家。经查《中山汤氏族谱》，翠竹洋汤姓于元代从今将乐县南口乡迁徙而来，迄今已七百余年。最早开辟翠竹洋、被后代尊为一世祖万全公的人叫汤洪，原名万全，字成长，号翠竹，"以人材官德安通判，终广州守，生殁失考"，还是位官阶不低的朝廷命官。至于他为何迁来翠竹洋，翠竹洋一名和他的号有无关联，已无从查考。他的后代子孙中亦不乏显宦名儒。其孙汤行当过广州通判。其孙汤竦当过福州长乐主簿。汤竦之子汤逢原，"文行为士林所推重，殁，祀乡贤。尝读书于南胜之军山，学者遂名其山曰'君子峰'"。原来现在国家级自然保护区君子峰是因其而得名的，可见他当时名望之重。汤逢原之子汤元也是举人。在这个高山上的小村庄里，代代有人读书，弦歌不辍。翠竹洋汤姓后来有搬到山下一个名叫"砂亨"（现名"砂坑"）的地方居住的，他们发现并命名了包括砂亨、翠竹洋在内区域的"砂亨八景"，即屋后松风、竹林晓日、倚楼观鱼、岐峰插云、石印谈心、中山问月、竹祠闻鸟、鱼山钟秀。汤氏学子经常寄情山水，吟诗作赋，互相唱和。

有趣的是，翠竹洋汤姓出文官文人，罗姓却出武官武将。罗姓是"闽学四贤"之一罗从彦的后裔，于南宋嘉定年间就迁到罗地居住，元末罗马轻一家搬到翠竹洋，比汤姓稍迟一点。翠竹洋罗姓在明万历年间出了个武德将军罗仪，其孙罗在震清顺治年间中武举，后任福州府后卫千总，又升任山西潞泽营守备。翠竹洋地灵人杰，实至名归。

最后，汤代平领着我们去参观汤氏宗祠。我们在一条杂草丛生的小路上行走了约两千米，不知拐了几个弯，才来到汤氏宗祠。没想到祠前芳草萋萋，已看不见进入祠堂的路了。踩倒野草，才能看见祠前的石鼓、石缸、石盆。祠堂很讲究建筑艺术，梁上雕有龙、凤图案，天井边的石板上也雕着龙、凤、麒麟、鱼、羊等图案，由此可想见昔日的豪华气派。清人汤兆圣在《竹祠闻鸟》一诗中写道："闲看曲径花含笑，坐听深林鸟自鸣。游客非关缘渴至，老僧偏与捧茶迎。"汤代平说，祠堂原有上、下两殿，都是元代建造的，"文革"期间下殿被拆去建小学了。站在几近荒废的祠堂前，我不由心生感慨：在这偏僻的山中，历史的遗迹也在渐行渐远，在喧嚣的都市，就更难唤起人们对几千年中华辉煌文化的记忆了。

　　由于时间不允许，这次还是没能去看那昔日有八景、今日无人烟的砂亨，没能去登那洒满翠竹洋人汗水、留下许多传奇故事的古道。

　　何日再游翠竹洋？杜鹃开时？竹笋长时？枫叶红时？雪花飘时？

盖竹魅力

阮祁喜

盖竹村位于尤溪县台溪乡东部，是高山村，背依景秀的文笔峰，面朝雄伟的总督山，北与丁岩村接壤，南连坑美村交界，东临东山村，西接文笔山。一到冬天，村庄多处在云雾缭绕之中，不仅空气清新、景色优美，而且培育了多种多样的珍奇植物，尤其造就了品质良好的茶叶。这里生产的茶叶被称为"云雾茶"，蜚声省内外。

该村 19 世纪 80 年代之前的主要建筑为一堂二屋，中轴对称，在这基础上组合演变出各种群体建筑院落，体量普遍不大，街巷空间弯曲，明堂开阔，尺度舒适宜人。它们大多依山而建，或沿水岸梯次递进纵深延展，或沿山地等高线逐级抬升布点，使得建筑组群错落有致、空间收放自如，就像珍珠一样撒落在自然山水和绿色植被之间，依偎在大地的怀抱。传统建筑材料离不开林木，同时又可就地取材，随手夯土制砖、垒台、伐竹、编草，乃至用石板铺路。按照传统工艺所进行的这种原生态建筑活动取法自然，造就了传统村落空间形态与自然环境亲和协调，形成了天地人完美结合的自然景观。

至 20 世纪 80 年代，盖竹村是通往永泰、德化、中仙，乃至本乡坑美、丁岩、汶水、东山、山头等村的交通要道。由于交通便利，这里人气聚集、商业发达，有书塾、小学，教育质量在全县都有名。该村的卫生医疗条件也很好，最多时有三个卫生医疗站。该村中医很有特色。清道光年间，阮姓中医良琼，字俊村，精于医，在当地周边一带都很有名气，求医者络绎不绝。清光绪年间，陈姓也出现了一个名医，名叫陈志超。清咸丰年间，在松山自然村有个松山寺（遗址尚存），住着一位得道高僧，与茂荆堡的贡生陈志超交往密切，后把一套"济世救人"的技术赠给陈志超，从此志超公就成了本地的医宗，代代相传，尤溪就有了用艾"灸火"治病的方法。该村文人雅士也很多，"洋中堂"中还保留着清乾隆皇帝题写的"选魁"牌匾。相传该村在清朝咸丰年间有一文一武两贤士，文士文章出众，在当时全省考试博得第八名；武士箭术高超，有百步穿杨之功。该村民风淳朴、祖训严谨，列有十条，分别为尊祖、睦族、守业、治生、教子、耦寅、慎守、惩忿、改过、恤邻，另以"读书起家、勤俭治家、循理兴家、和睦旺家"十六字为家训，祖祖辈辈，严格遵守。该村文化生活丰富多彩，几百年来，每逢节日都要舞龙灯，祈求一年风调雨顺、平平安安。舞龙灯一般都在夜幕降临后舞起，长龙的烛光与农村的夜色交相辉映，煞是好看。当然在舞龙灯时也会有各种各样的灯谜、舞蹈、戏剧等文化节目，为节日增添了欢乐和喜庆。该村还有一个很有创意的游戏就是竹木版的"旋转"秋千。整个秋千基座由杉木搭建，两根毛竹作为杠杆，用一个横轴将毛竹和基座固定在一起。毛竹两头各穿上一根杉木枝，再装上竹制的简易挂篮，整个秋千就算完成了。一人先坐在简易的挂篮上，手握紧横杆，再由其他人一起用力将他拉到最顶端，另一个人再坐上另一头，就可以玩了。让人大感意外的是，这种秋千，竟然能三百六十度旋转，这根本不是荡秋千了，更像是简易摩天轮雏形了。据记载，这种荡秋千的玩法已有一百多年的历史，逢年过节吸引着周边村庄许多人前来"旋转"和围观。

盖竹村主要由两大姓组成，分别为阮姓、陈姓，虽然后来陆续也迁来了蔡姓、卢姓、林姓、黄姓，但他们人口较少。

陈姓最早要追溯到宋绍兴十九年，由汤川汤三村陈泰一迁入，后不断繁衍生息。最典型的建筑和文化缩影就属茂荆堡了。茂荆堡，又称"潎宅厝"，始建于清光绪八年。当年，土堡主人陈志超是远近闻名的医生，又经营药材生意，因此，家境比较殷实。而在当时当地常有土匪骚扰，为避免匪患，陈家便在陡峭山坡上开山建堡，花费四万多大洋，建造三年，入住后，又耗时十多年不停地扩建完善成为今天的规模。

这座古厝由高台阶、高门坪、厚堡墙、堡门、门厅、前楼、中天井、厢房、绣楼、主堂、后花台、后楼、扶楼、扶厝、跑马道、内藏式角楼、碾坊、粮仓、文武斋堂（读书和习武的地方）等组成，是一所集防御、居住、生产、生活为一体的古建筑。

茂荆堡的墙体，主体部分均为黄土筑成，历经岁月蹉跎，几无损坏。前落的墙体屋檐下方，也使用了大量的年久方石。据介绍，当初建设这幢房子的师傅来自公式埔，公式埔的房子建筑特色正是用黄土砌墙。

距堡前两百米处有天然钟鼓石（报警石），敲之鸣声回荡山谷，有诗赞曰："左鼓右钟一并连，两山排闼小门前。鸣钟击起惊飞鸟，警鼓敲声引树蝉。古迹名题传后世，胜景风貌至今传。豫樟南柳因风舞，小涧大潺共闹天。"

当你走到大门前就会看到，门上有两个注水孔（防土匪攻门时浇水浇油用的），门两旁写有一副对联："高地建高门，车载马容，高即因高而起致；近山为近案，竹苞松茂，近将就近已图成"。门后有堡主墨宝"凤麟"二字，下厅堂（森竹阁）檐柱上书藏头对联"茂树承风神作主，荆花映日色成金"，主厅中悬挂"棣萼联

芳""淑仪善训""贡生""文魁""选魁""武
魁""辉腾宝婺三千丈,香馥瑶花拾万枝"等
牌匾。

土堡建筑风格独特,融合围拢屋、围屋及当
地民居等多个元素,结构复杂,通道纵横交错,
但平面布局合理。土堡坐东北朝西南。堡内木
雕、石雕工艺原始、雕刻精美、内容丰富,有三
国典故、壮士练功、鹿竹同春、风穿牡丹等,寓
意深刻。

土堡不仅建筑富有特色,在堡内也保留着丰
富的文化信息。空荡的老房内四周墙面贴满了报
纸,由于年代久远报纸已变成黄褐色。其中一面
墙上粘贴着英文的《美国洛杉矶报》,出版时间
为 1928 年 1 月 8 日,共有 18 版。《美国洛杉矶
报》上印有大版的广告,内容涉及皮鞋、化妆
品、饮食等,可以看出当时活跃的经济面貌和消
费观念。而且在土堡三间卧室内还贴着 1930 年
《三民主义》宣传报、1954 年的香港《大公报》,
还有 1929 年的福建省的《闽报》、1976 年的
《福建日报》等。报纸时间跨度从 20 世纪 20 年

代到 70 年代。墙上另有宣传画报、宣传单、广告、红军标语等重要的历史遗迹和文献资料。墙壁上，留有当年堡主亲自题写的《春晓》《夏吟》《秋宇》《冬景》诗词。

当年来自美国、香港的报纸怎么会流入这偏僻的深山中呢？据土堡后裔陈思锴介绍，当年他的大公（曾祖父）药材生意做到了福州等一些沿海城市，与不少外商有生意往来，购进国外的医药产品。要了解国外新药，就要了解国外报纸上的新闻和广告信息，因此他把大量的报纸带进了山村。山区有用废报纸装饰房间的习惯，八十多年来，尽管房屋几经易主，但报纸都完好地保存下来。房内有各种形体的古诗、古画、家训、医典，还有对联"茂树荫千家，翠柏苍松争挺拔；荆花开万朵，高枝低柯竞呈荣""门前无花不茂，砌下有树皆荆""茂树郁葱葱偏长邱山门第，荆花金灿灿独荣颍水人家""森竹阁前无伴翠，茂荆堂里有奇芳"等等，具有一定的研究价值。

村南颍水溪畔有状如蜡烛的罗心山，巍峨直立，千年柏树，百载水杉，珍奇香木，点缀其间。村东金钟山下"猫形墓"旁有棵五百余载的奇树，挺拔数丈，胸周五围，伞状蔽日，四季常青，液汁滕红，花色雪白，雪前吐蕊，争芳斗艳。顶树开花，如高山结雪，故称"报雪花"。

盖竹村民风淳朴，文化积淀浓厚。该村在宋庆元五年有村民陈子文荣登曾从龙榜进士，官拜浙江省处州府通判，任职三十余载，廉洁奉公，厚爱百民，卓有建树。寿终时，其受皇上钦封御葬，并赐有墓碑石一道，镌刻"宋富川通守陈公朝奉之神道"，以示抚恤，以铭永志。

据记载，宋代时，福州一支阮氏迁徙至尤溪沈南，后开基于厚地（现盖竹村）。盖竹阮氏大宗祠始建于元泰定三年。盖竹阮氏族人还建有"时思堂""洋中堂""新福堂""格思堂""下甫"分祠。阮姓最集中的地方就在厚地自然村，整个自然村呈马蹄形状。厚地整个村庄的古民居共有二十一座，明清时期的尚有六座，其余的都是 20 世纪六七十年代重修而成，但都保留着明清时期的建筑风格。通往房子的路都是青石铺就，有几座规模较大的房子门前还有拴马柱的痕迹。

这个村庄最有特色的是南面的水尾埕，三四块可坐可卧的大石盘，其中一块石头叫作"玉石藏印"，形态逼真，冬暖夏凉，很是神奇。大石周围有很多古树矗立包围，这些古树，多数都有几百年的树龄，不少树身要好几个大人才能合抱得过来。这个水尾埕，便成为全村人休憩、打闹、游耍的好场所。

最热闹的要数夏天，水尾埕是村民进出村庄的驿站，无论出村的，还是进庄的，都要在几块巨石上面坐一坐、歇一歇脚，或者交流着进出村的所见所闻，或者传播着村庄里的每个家庭的家长里短。最惬意的是夏季闷热的中午，不少人都会光着膀子躺在巨石板上午休，冰凉的石头伴着习习的凉风，虽然偶尔有蚊虫叮咬，或者小孩子的打闹，但丝毫不影响。那种清爽、那种诗意，是生活在闹市里的人们无法体会到的。

逢年过节，村民们三五成群围坐在巨石板上打扑克，或在石板边猜字谜、灯谜，小孩子则围在旁边打闹、嬉笑。有些善男信女虔诚地在大树身上挂祈福保平安的红纸条，在树根部烧香并摆上各种各样的供品，求树神保佑其子女的平安，不仅本村，外村许多小孩就拜这些上了年纪的樟树、水杉树等为"干爹""干娘"等。传说拜了这些树为"干爹""干娘"的小孩子都会成长得很顺利，这种风俗已有两百多年历史了。

秋冬，这里依然是热闹的场所。秋天树上的果实成熟，掉落满地，特别是锥栗，特别的多，村里的大人小孩都会纷纷到树下捡取。还有这片土地里也生长着不少中药材。当年村里人普遍贫穷，遇到生病无钱医治，这些植物便成了天然的药材，救治了很多人。最令我难忘的是鸡脚枣，每逢冬天，霜降一过，鸡脚枣便成了大人小孩的最爱。鸡脚枣，弯弯曲曲形状如鸡爪，霜降之前吃很麻，有一种苦涩味，但经霜冻后，味道特别甜。鸡脚枣成熟的时候，无论大人小孩都会跑到水尾埕捡鸡脚枣吃，而我特别喜欢那种味道，至今仍回味无穷。

除了水尾埕里的石头和树，这里的河流也特别富有诗意。在我小时候的记忆中，这条河流占据了人们生活的很大部分。夏天，村民们会在河里游泳、摸鱼、捉鳖。逢年过节，妇女们忙着在河里宰鸡宰鸭。每天清晨，主妇们便在河里洗衣洗菜。傍晚，劳累了一天的村民们就会在河里洗脸、洗脚，洗各式各样的农具……可以说除了吃的水靠外面引来的泉水外，用的水几乎全部靠这条河流了。在水尾，河流有一段落差，村民便在落差处装了一个水轮，水轮附近盖一幢小房子，配上简单的机械装置，不仅可以为全村人舂米，而且也是该村一道亮丽的景观。

在这样的村庄生活，虽然也有东家长、西家短的酸甜苦辣，但人与人之间相处得特别融洽，哪一家有事，不管是喜事，还是丧事，那一定是全村人的事，大家都会主动帮忙。甚至哪一家杀了猪，也会煮一锅猪肉汤，左邻右舍分着吃。

老家书京

邱宗植

书京村是我的老家。

书京的光裕堂（现被称为"光裕堡"）是我的老屋。

为了生计，我早已长期离别老屋。父母在世的时候，我总是要常常回老家，轻轻地走进生我养我的老屋。眼前的老屋熟悉而又陌生。我生怕放荡的脚步愧对了老屋的每一个台阶，粗鲁的呼吸惊动了老屋的每一根柱子。然而，先是父亲走了，多年之后，母亲也走了。从此，我不再常常回老家，甚至半年、一年都没有回去过一次，似乎老家就要变成了"故乡"。我甚至梦想着未来可能还要去一些更加遥远的地方，可故乡却总是常常要窜进你的梦里。

书京村位于福建省尤溪县的东南部，山清水秀，古民居建筑极有特色，其中光裕堡、瑞庆堡便是具有代表性的建筑物。

光裕堡建于清道光年间。其时山乡盗匪活动猖獗，邱氏兆庆廿一代世孙长厚，为防匪患创建光裕堂，工程历经四年，于清咸丰三年全部竣工。大院虽经风雨沧桑，但迄今仍保存完好。

从远处眺望，光裕堂犹如一把巨大的交椅，稳靠于大山。光裕堂三堂六栋，四周围墙环绕，是座名副其实的深宅大院。

大院围墙傍山沿坡而筑，气势恢宏。墙内从不同角度设有许多土铳射击孔与小窗口，以防盗寇攻击。紧附墙体的左上方，建有一座瞭望台。在瞭望台上，大院内外的动静一览无余。

大院门前，乳白色的石匾上镌刻着"宽厚流风"四个遒劲有力的金色大字，据说出自一位知府大人之手。

傍山而建的大院，从大门入，需登三十五级台阶方到达客厅。厅前两根粗大的屋柱上，贴着邱氏先祖为光裕堂创作的对联"光前集百福，裕后庆千祥"。厅堂的横梁上，悬挂着某知县"作述成家"手迹的匾子，至今流金溢彩。

风雅的客厅两侧，十几幅不知出自哪位名家之手的人物与花鸟壁画，形态各异，栩栩如生。光滑油亮的石灰地板，被磨砺得宛若一块块古香古色的大铜镜。院内许多青色的垫柱石墩，精雕细刻，攀龙附凤。

光裕堂共有房屋八十八间。大院正堂背面有一后园，占地面积两亩左右，园中种有瑞香与牡丹，还有一些叫不上名儿的花草及树木。到了春天，园里蜂蝶飞舞、鸟语花香。

迈进光裕堂的巨大铁门，首先映入眼帘的是，刻着"选魁"大匾。其因是当年光裕堂有邱河澄等五名武生考取了功名。大院的楼厅内原有一把铁铸大刀，是光裕堂武士们的习武器械，可惜 1958 年"大跃进"时被收购炼了钢铁。

庞大精巧的建筑，让光裕堂在古老的闽中乡村鹤立鸡群。大院的恢宏巨构，在 19 世纪中期，曾被许多乡村富豪仿造，一些土堡结构便与光裕堡十分相似。

清光绪六年，邱氏家族在距光裕堂仅百米之遥的东南方，又建一座类似光裕堂建筑格局的瑞庆堂（现被称为"瑞庆堡"）。两座土堡在苍松翠竹之下，形成一道迷人的风景。这两座土堡，如今引起了社会各界的关注，目前已有不少海内外游客与学者来书京观光与考察。

除了光裕堂与瑞庆堂之外，邱氏祖祠更是独具魅力。

邱氏祖祠在光裕堡的右上方，隐蔽于绿草碧荫之中。祠堂的上方，是一块几百平方米的草坪，那里曾经是孩子们挥洒童真的乐园！我的散文《草坪四季》便是取材于此。草坪的后面，原先是大片遮天蔽日的原始森林，可惜后来被采伐种了油茶树。

祠堂的前方是一口上百平方米的古塘。古塘呈长方形，塘沿青色硬石细砌而成、典雅别致，塘中碧波荡漾、绿意盎然，与古老的邱氏祠堂相映成趣。古塘的前面，是一座半圆形的小山包，它让祠堂变得安然幽静、别有洞天。古塘的右侧便是荷塘，每年荷花盛开的时候，更是让邱氏祖祠锦上添花。

另外，书京村邱氏家族的聚庆堂、桂山堂以

及槐茂堂等其他一些古民居，也各有特色，值得长期保护。

记忆中的老家小河令人难以忘怀。老家的小河叫"下洋溪"。下洋溪弯弯曲曲，隐蔽在绿草碧荫之中，潺潺的流水声犹如美妙的琴弦，奏出一曲曲迷人悠扬的乐曲。

夏日，河水明亮透澈，鱼虾可见。清凉的傍晚，成群的鱼儿摇头摆尾，悠然翻跃，宛若水中的镜子，闪着片片银光。

河中有诸多鱼类，譬如绯红的"火烧婆"、黝黑的"平头鱼"、色彩斑斓的"七点花"，还有农家鱼塘流失的草鱼或鲤鱼。

小时候，村里的小孩们，常成群结队在河里安扎鱼床：他们在河里用石块垒起两道石墙，让河水顺墙内流淌，出水口处安上一个底部用竹篾拼成的"过滤斗"，然后遮盖好茅草。

夜间，鱼儿悠然顺水而下，不知不觉落入鱼床。翌日清晨，孩子们拎上鱼篓来到小河，只见鱼床内铺满了白花花的鱼儿。落入陷阱的多半是脾性暴躁的"平头鱼"和自信而简单的"七点花"，而机灵的鲤鱼和"火烧婆"极少"上钩"。餐桌上有了鱼，孩子们食欲倍增，八成掺番薯缨的大米饭，吞起来咕咕响。此刻，孩子们的父亲脸上便露出欣慰的笑容，一本正经地说："嗯，吃吧，多吃点，吃得多才能长得快……"瞧那样子，恨不得孩子一夜之间长大成人。

不知从何年何月起，河边的森林被砍伐了，小河沿岸那浓酽的绿色渐渐淡褪了。遇上大雨滂沱，山洪暴发，那绝无仅有的抔抔泥土，沿着陡峭的山坡滑落在小河里。小河流呀流，流走了鱼儿，流走了绿色，流走了孩子们多少甜蜜的梦！

一方水土养一方人，老家的那片沃土，曾养育过不少人才。邱世华就是其中一名杰出的人物。邱世华乃元初举人，后由举人会试钦赐进士，任广东潮州府经历。其为官清正，两袖清风，深得百姓爱戴，名垂千古。

邱氏家族的祖上，还有九名武生、八名贡生、十几名秀才。从族谱中获悉，邱氏后裔还有一些仁人志士，曾追随孙公革命，出生入死……

"尤溪风月无今古，学海扬帆有后人。"如此诗句，自然让我想起了老家。中华人民共和国成立后，书京村更是人文荟萃。

书京是一片神奇的土地。

老家的风土人情，依旧是我文学创作源泉。有时候，你离老家远了，以为走出了老家，其实你离老家愈来愈近；有时候，你想把老家暂时放下，而老家偏偏就钻进你的梦里。

卢公馆传奇

郑国钦

建于民国中期的尤溪双鲤卢家大院见证了民国政治风云的变幻，跨越时空仍折射着奇幻的光彩。

卢家大院主人是卢兴邦，他由勤劳单纯的农民，变为作恶多端的土匪，进而崛起成为不可一世的军阀。而这一切与卢家大院都有千丝万缕的联系，可以说，卢氏大院是卢氏罪恶与荣耀的缩影。

卢氏公馆位于新阳镇的双鲤村，距尤溪县城约二十千米。卢氏公馆，其实是个庞大的建筑群，主要有四座宅院，分为同仁堂、安仁堂、崇仁堂、敦仁堂。此外，卢兴邦在双鲤还盖有军营、炮楼、武器库、办公楼、小学校、见龙桥、文昌阁等配套建筑。如今我们能看到的只有见龙桥和卢氏公馆中的主要建筑敦仁堂。卢兴邦为什么不在祖居地朱源里而选中离县城更远的双鲤村大兴土木？原来，卢兴邦是个迷信的人。江湖相士看了他的奇异相貌，认定是白虎星降世，说他日后必定大富大贵，卢兴邦便记在心里，重重赏赐了相士。卢兴邦还笃信"风水"。他相信风水先生的眼光，卢氏公馆再没有比建在双鲤更好的了。如今在敦仁堂正面高墙中间的铁皮大门两旁，仍可以看到镌刻的这样一副对联："金龙形结五牛相，玉带飘扬双鲤朝"。联中"玉带"即指房前弧形河道玉带溪，卢兴邦嫌原来的河道太直留不住财气，便劳师动众让溪水改了道。他在"水尾"架起见龙桥以拦住风水；他将门前河道挖深成潭以祈财宝留注"宝库"；他用大量人工挑土填掉屋后的"破头峡"，筑起一座人造山以守住风水；他强行让房前道路变了线，以防路人踏破他家的"前程"。

卢氏公馆主体建筑敦仁堂坐北朝南，初看其建筑形貌似乎平淡无奇，为三进式单檐歇山顶土木砖石结构。穿过很矮小的下堂和中堂，登上五级丹墀来到正堂，没有一点轩昂壮丽的感觉，但回身一望，看到下堂左右两侧各矗立着一座三层木结构楼时，不由得赞叹设计者的匠心独具。它们远远高出中轴主体建筑，挺立于前头，像牛的两角；对称而立，又形同姐妹，所以当地人叫它"姐妹楼"。姐妹楼简直就是祥云缭绕的神仙楼阁，一下子扫荡了卢氏公馆的沉沉暮气，你不由得为它们的典雅秀美、宁静怡然所陶醉。姐妹楼为卢家小姐诗书女工之用房，其整体造型大方中透着秀气，局部构造则秀美中含着典雅。每间居室的窗棂都有雕刻精细的窗花，其人物、飞禽，图案栩栩如生，象征着吉祥如意、福寿富贵；其刀法老到，令行家赞叹不已。由姐妹楼不难想见卢兴邦是很爱他的三个女儿的。据说卢兴邦在姐妹楼上还专门腾出两间给已经出嫁的大女儿卢世珠居住。敦仁堂于 1926 年动工，于 1930 年竣工，三百多杰出的工匠整整盖了四年。

穿行于卢氏公馆，你或许会有疑问，这里的房间、走廊，乃至天井、厅堂、过水亭，所有空间都显得狭小逼仄，那么卢兴邦的五十寿筵如何铺排得开呢？卢氏公馆厚重的铁皮大门前，有一块篮球场大小的坪地，用打磨平整的条石铺就，据说平时可用以练兵，偶尔也用以摆设露天酒席。

1929年农历九月十三，卢兴邦年届四十九周岁，家人和部属按旧习俗为他举办了五十大寿活动。卢兴邦先在卢氏公馆里，接受儿孙亲族的祝贺，大宴部众宾朋和邻里乡亲；接着在县城宴请那些敬献了厚礼的绅士富人；而在师司令部所在地南平更是排场显赫，城门悬挂祝寿红灯，城楼上彩旗飘扬，主街道两侧张灯结彩，十步一兵保卫安全。筵席摆在寿堂外戏台前，贺客可边喝酒边看戏。

可以说，卢兴邦五十寿庆是卢部鼎盛时期的"气象"。他的寿庆居然"惊动"了国民党中央军政要员，邵力子、周佛海、陈布雷、包惠僧给卢兴邦送来了四幅寿匾，陈绍宽、陈季良等写了贺诗，何应钦赠送了寿联，最让卢兴邦"受宠若惊"的是蒋介石特地从南京派员到南平祝寿，送来一幅题有"合庆百年"字样的寿匾。这实在是卢兴邦莫大的荣耀啊！

在民国时代，动荡黑暗的时局滋生了大大小小的匪帮和割地称王的军阀，他们像舞台上客串的丑角，转眼之间就下场了，然而卢兴邦势力在福建的兴衰过程长达三十来年，而卢兴邦本人也得以寿终正寝，这又是为什么呢？

一是因为卢兴邦其人没有根基却懂世道。他敢于拉起队伍对抗当地的北洋军队，是因为他看准了在乱世里，在军阀混战的夹缝中有异军突起的可能。二是因为他具备乱世称雄的强硬性格，做事果敢坚决，对于仇人他杀之而不眨眼，对于抗拒派款抓丁的他放火烧房而不手软，对于手下心存异志的他必加铲除而不犹豫。三是因为卢兴邦其人不善用枪却善用人。他聘用军师，并让十个骨干改名以"兴"字为辈分，以古老的杀鸡歃血立誓的方式结为"十兴同盟"，变乌合之众为异姓兄弟，使队伍有一个坚强的骨干核心。四是因为卢兴邦其人虽不识文墨但有眼光。他顺应了拥戴共和的时代潮流，主动追随孙中山，秘密派人赴粤联系，把自己的队伍纳入国民党军队体系中去。

有权可以扩展势力，有势可以巩固权力，而权力和势力要靠权术驾驭，精于此道的蒋介石，在北伐革命中，不断扩充军队，捞取了政治资本。北伐沿途他收编了湖南、贵州、江西、福建、浙江、安徽、四川等地三十来个杂牌军。蒋介石之所以给卢兴邦以很高的礼遇，还因为当时闽赣交界地区是共产党活动活跃的地方，他要倚重卢部在闽西北牵制红军。1930 年 12 月，蒋介石命令卢兴邦驱赴前线与红军作战。卢兴邦并不亲自出阵，他把部队交由卢兴荣率领，自己则郁郁寡欢地蜷缩于尤溪双鲤的卢氏公馆里。因为几个月前，卢兴邦为夺取省政权，绑架了省政府委员，引发了卢部与省防五十六师刘和鼎部的战争。战败求和后，卢部的师级建制一度被撤销，统治的地盘由闽北二十二个县遽减为四个县。1930 年年底，蒋介石出于利用卢部反共的需要，恢复了卢部新编第二师的番号。时隔不久，又改编为陆军第五十二师，卢兴邦仍为师长，卢兴荣为副师长。

但遭受过几番政治斗争和军事斗争的挫折，

卢兴邦那颗炽烈的权欲之心冷缩了，他退隐老家，在卢氏公馆里"修身养性"，卢部的军务政务全交给卢兴荣打理。

卢氏公馆里，卢兴邦长时间闲居，但不顺心的消息还是不时袭来。卢部在1936年的上海抗日战场上几近陨灭，更让卢兴邦痛苦万分，以至积郁成病。卢兴邦有很强的"憎日"情结，而抗倭名将戚继光、俞大猷是他心中的英雄。那些抗倭故事滋生出的民族情绪早就渗进了卢兴邦的骨子里。在卢兴邦的五十寿宴上，卢兴邦挨桌去敬酒，有一位日本人与他碰杯后说："卢师长，您真幸运，崇安县有的是金矿，鄙人帮您开采，大大的好处给您。"卢兴邦回应说："今天喝酒，莫谈他事。"说完走了几步，用尤溪话骂道："嫖三代，倭子手长，不怕被砍。"随从便明白，卢兴邦绝不会跟日本人合作开采金矿的。1936年卢沟桥事变爆发后，卢部准备奔赴上海战场，卢兴邦对前来双鲤卢氏公馆汇报的军官说："日本人，我嫖他三代。告诉卢师长（指卢兴荣），把日本人的屎给打出来，五十二师不要给尤溪人丢脸！"

然而，上海淞沪会战异常惨烈。卢部五十二师四千七百多人投入上海战场，与日寇激战三个多月，共牺牲官兵四千三百多人。

此后几年，郁郁寡欢的卢兴邦在卢氏公馆深居简出。咳嗽，不停地咳嗽，咳嗽声撞击着卢氏公馆的客厅、门洞、卧室、穿堂，像枪炮声一样让卢家上下惶恐不安。

卢兴邦病情不断恶化。就在这时，卢氏公馆收到了日寇无条件投降的电报。卧病在床的卢兴邦听到后，大概是想到九泉之下战死于淞沪会战的官兵，想到十四年抗战中中国军人付出的牺牲，他那颗坚硬的心似乎融化了，悲喜交集。他终于嘶声而哭、泪水横流，像受了委屈的孩子得到宽慰后反而号啕一样，哭得几乎喘不过气来。平静后，他支撑起病入膏肓的身体，用虚弱的口气，笑着对身边的人说："倭鬼亡在我前面，我死也甘心了！"

两个多月后，卢氏公馆被哭声淹没，卢兴邦在六十六岁撒手人寰。此后几天，卢氏公馆敦仁堂正堂上披挂起白色的挽幛和挽联做了灵堂。国民党中央和福建省军政要员纷纷发来唁电。卢兴邦被安葬于梅仙源湖狮形山，墓前立着蒋中正（介石）题碑"陆军中将卢兴邦之墓"。

卢氏公馆历经岁月浸霪，沧桑之态毕现，但经几番修葺，如今又展神韵。由于建筑工艺上的独具匠心和主人的非凡经历，它已经成为省级文物保护单位，也成为今天游人到尤溪探幽访古的一大胜景。

闽江北喉　会城重镇

苏　静

　　从福州出发，顺着海边公路迤行，一个半钟头的车程，即可抵达定海。沿途风情万种的海岸风光，一定让你记住这个被外地游客称为"南方的北戴河"的千年古村。

　　沿着定海渔村的一个古城门进入，踏上一条当地人称之为"衙门前"的大街，斑驳的民房粉墙映现出波光云影的画意，闽东渔家小调的音符在乡坊间回荡。倘若有幸碰到住在古街里的老人，他会如数家珍地描绘家乡的人文景观：这里有五代闽王王审知开辟的甘棠港，有明朝洪武年间的筑城功臣，有"水涨三官堂，潮退鲤鱼埕"的传说、龙门虎洞的诡异偈语、法师乘石渡海的传奇，有高氏女子与黄湾岛的对话，有明代著名的抗倭英雄，有"万三三"的兴盛与衰亡，还有清代日本商人魂断他乡的坟茔故址……所有这一切斑斓流动的街景，构成了这个有着千年历史的文化深厚底蕴的海边小村。

定海，这个成于西晋太康年间的古老村落，旧称"亭角"。"亭"在秦汉时指乡以下的一种行政机构，相当于"村"，"角"谓"海角"，故"亭角"意即很偏僻的海角村落。虽说僻居闽东沿海一隅，定海却是地扼闽江、敖江入海口，控南来北往之海道，历来为兵家必争之地，素称"闽江北喉"，与马祖列岛盈盈一水间。

定海古城堡始建于明洪武二十年，系江夏侯周德兴檄建。城堡全部用条石砌成，分东、西、南、北四门。嘉靖四十年，因倭警古城重修，增筑城墙，将面海的南门改成西向，便于隐蔽，并派设参将驻守。城头勒嵌四个楷体大字"会城重镇"，"会城"指省会福州，意即定海古城是拱卫福州的重要军事要镇。城门外挖有护城壕，壕边筑城堡，使定海沃口正面形成一瓮城，一座城楼高耸其上，可俯瞰海面，四门火炮直对海上，雄伟壮观。现尚存的一段城墙是靠海的南城门。古城堡曾设置千户，称"亭角守御官军千户所"，为当时闽省五卫十二个千户之一，屯兵卒设防。

　　据说，这里原本没有这座古城堡，当年朱元璋称帝令筑浙江定海城，误传筑"连江定海城"。古城堡气势宏伟，如巨龙盘山镇海，与福宁崳山、兴化南日、泉州浯屿、漳州铜山串成一线，构成护卫八闽海疆的重要屏障。城内曾设置参将署衙门，城北设左、右中军署，衙门前建有接官亭。历史上，倭寇侵扰我国沿海长达两百余年，古城堡一直是闽东沿海抗倭斗争的坚强堡垒。巍巍群山燃起多少战火烽烟，滔滔大海激荡无数悲壮潮音。现存千余字的抗倭记事碑，就是记载古村人民爱国主义精神的历史丰碑！城堡自东往西顺山势蜿蜒起伏，古榕葱葱，两边对峙，山海相衬，颇为壮观。以城墙为界，定海形成了城里、城外两域。相传城里曾住着明朝十八爵主，城外住着当地土著，不知此说真假。不过里外两域人的气质似有差异。城里人斯文、脆弱，城外人则显得粗犷、剽悍。全城杂有黄、赵、苏、兰、徐、欧阳等上百个姓氏，不难找到爵主的同姓。有人说徐姓即是徐达的后裔，莫非"火烧功臣阁"，或有王侯贵族逃生古城堡至此不成？

如今，沿着石块铺砌的小巷，从南城门踱入，可见一道连续筑有三个拱洞的城门，是谓"三重门"，为闽东沿海罕见的文物遗迹。抬头望去，城门上的"会城重镇"四字仍旧清晰，悦目撩人，饱蘸着"以定祖国海疆"的沧桑。进入城门，只见城墙上藤蔓交错、荒草萋萋，仿佛穿越了时空。城墙内的建筑，石墙古宅，依山面筑，坐北朝南，纵横分列，街巷维系，楼阁轩窗，错落有致，一派古朴气氛。伸手触摸几百年的城墙岩石，感觉有种湿气浸透其中，似乎把千百年来海水的盐味悉数收取。

来定海，海潮寺是必游的。海潮寺，又名"九龙禅寺"，位于定海城东九龙山下，因寺门外海边耸立九座起伏的峰峦而得名。寺草创于宋淳熙年间，扩建于明洪武五年。嘉靖年间有僧众百余，清康熙"禁海令"后雍正年间重修，今保留的山门、大殿系清代所建。寺里还保留有宋代石槽及大量的原寺柱石。海潮寺三面摩岭，一面临海，环境清幽，终日涛声不断。人到此如入深山，又似回归大海之中。寺宇丹墙青瓦，高檐飞翘，雾岚氤氲，绿树掩映，宛如仙阁浮于山谷中，是连江游览避暑胜地。历代文人骚客对其多有赞颂。明代连江知县区灿当年游历海潮寺后曾留诗一首："绿荫清昼下松萝，宦邸偷闲半日过。爱客鸟声供酒数，醉夏花气得春多。厌从拗路劳双脚，欲向平林问一柯。输却此间僧世界，百年牢梦在云窝。"

定海的另一大特色就是古老的街巷极多，纵横交错。衙门前大街就是其中之一，说是大街，其实不过是一条昔日极为热闹的老街而已。只因那是处于定海古城的中心地带，两侧尽是琳琅满目的店铺，方显其大。

大街的尽头有一条小巷，叫"长生弄"。它跟定海的一位名人有关，此人叫黄光涛，为清代《定海志》的编撰者。当年，这条弄巷遍布典当铺，唯数黄光涛的当铺生意最好，一整行的"当店"大都是黄光涛经营的。据说黄光涛当铺是昔日连江县邑首家经营典当业务的店铺，经营时间自清嘉庆十三年至宣统三年。"当店"福州话谐音"长生",因而衍化出"长生弄"的地名来。踱进这条隐藏于古城深处的小弄，可以想象出定海往日的繁华。小巷现已改名为"有容路"，就是为了纪念当年的"洗海飞将"沈有容。游客造访定海，大都是流连于悠悠古城、巍巍城隍、海潮古刹，以及旖旎的海滨风光，却很少有人会去寻访古老的大街小巷。其实，如果你有心徜徉于这些古老的街巷，你一定会感觉到古城的厚重韵味来。

定海负山倚海，龙山、双髻两峰环卫，成为定海北面两大屏风。龙山，俗称"烟台山"，从筱埕砣一脉如带，峭拔峻奇，支分派衍，盘踞海上，为连江黄岐半岛最南面的山峰。此山除山形似龙外，传说八仙中的"铁拐李"成仙后，以铁杖掷空化龙直奔东海，曾在山巅小憩，故而得名。

双髻山则是因堆翠形如女人头上的螺髻，故名。随崎岖的山间小道行进，至半山腰，可见一块巨石悬空而立，宛如古代读书人头上的纱巾，飒飒生风，人谓"生巾飘逸"，为定海十景之一。

古人有诗曰"纱帽巍峨石宛如，群峰谁是受官初。海天高挂非无意，为劝儿孙勤读书"，劝学励人，寓意深刻。双髻峰下老虎岩处，人称"海门天险"，有扼海控江之势。明永乐八年，数千倭寇占据双髻峰老虎岩攻定海城堡。为保家卫国，千户汤俊，百户金旺、任简、朱文、丁铭五位将佐率兵东城外，在后城墙地与倭寇血战。当时，砍杀倭寇的头颅，如切瓜般滚下山坡，故有"倭头坡"的地名。后诸兵将终因寡不敌众，同日殉难，又同葬于双髻峰下双兜树，明廷褒封他们为"五忠烈"。他们这种为保卫国家领土完整而英勇献身的大无畏精神，将与双髻峰一样永垂不朽、万古流芳。

龙山顶有烽火台，原为一石塔，因建在定海诸峰的最高处，又称"雁塔"。龙山台隶属连江，有兵卒戍守，遇海防紧急敌情时"夜则举火，昼则举烟"，向连江治东二十六都、二十七都、二十八都逐段报警。至龙山顶，当年的烽火台已无处可寻，仅存一层石塔的废墟，古迹依稀可辨。虽成废墟，仍为定海诸山最高点，眺望四野，但见丘陵逶迤、林木葱翠、阡陌纵横、千岩竞秀；西俯筱埕，楼房棋布，鳞次栉比；北瞰大埕，金沙铺地，平坦如毡；东望黄岐半岛，如一条巨龙蜿蜒起伏，闾阎扑地，炊烟袅袅，众生芸芸；南眺碧海，四母屿、五虎礁悬浮海天，烟波浩渺，百舸争流，惊涛拍岸，风景如画，令人神往。

如果说山是一座村庄的魂魄，那么海就是一个渔村的灵气。定海这个三面受水的弹丸之地，伫立任何一处海岸岬角，海，永远是你眼帘中最美丽的倩影。有清新的海风拂面而来，令人顿生惬意。湛蓝的海水和蔚蓝色的天空，成为一色的海天，扑朔迷离，分不清哪是天，哪是海。还有那涟滟的波光、翔舞的群鸥、如林的桅樯、迷人的海景，构成了一幅如梦似幻的美丽画卷。或是泛一轻舟，驰骋海上，随风波肆意，时而山峰，时而谷底。人躺在舟上，可以什么都不想，忘却功名利禄，忘却世俗纷争，来感受一下"野渡无人舟自横"的意境。

定海海岸曲折，礁屿罗列，有"三十六礁"之说。大自然的神工造化，赋予大小礁屿以诡奇的造型。"青屿"旧称星屿，与目屿（日屿）、兀屿（月屿），形成"日月星"三屿，成为一大奇观。"龟屿"形状酷似一只蹲伏的大海龟，憨态可掬，栩栩如生。"瓦礁"如一块巨瓦掀过无垠的海面，荡起朵朵浪花。"鸡屎屿"仿佛天鸡遗落的屎迹。而矗立于近海岸的"金线葫芦"，状如一只葫芦悬浮于水中，似隐若现，欲飘又止。最为著名的是定海湾内的"四母屿"，无论你站在定海的什么方位，选择什么角度，眺望大海，总有四个岛屿闪入你的眼帘。岛屿呈一线排列，形似龙虾、章鱼、大鲨、梭子蟹，互不遮掩，似断若连，又相互簇拥，神姿飞扬，令人称奇。岛屿四周暗礁密布，藻类丛生，潮如波涌，真有"地尽天无尽，沧海一望惊"之感。这里是各种鱼类栖息的好场所，为闽江口的一个重要渔场。中华人民共和国成立初期，定海湾一年四季盛产的石斑鱼、竹蛏、鲍鱼、笔架（龟足贝）、槟榔螺、海石莲就畅销各地，还有春丁香鱼、夏鳗鱼、秋海蜇、冬黄瓜鱼都远近闻名。本地人还流行一句"美口福"的顺口溜"鳗鳃、鳜肚、

王山（真鲷）目"，吃起来别有风味，足见定海
三十六礁的渔业资源是多么的丰富。

有人说，定海湾的海产珍品是三十六礁荫庇
的功德，这话不无道理。相传明朝初年，乡里有
一高姓殷户人家给女儿出嫁陪伴良田美宅，然
而，迎娶之日，此女偏要一块"东牛礁"才上
轿，就因为看准了这块礁屿是活宝，一年四季有
捕不完的鱼、取不尽的贝藻，一块礁屿就是一棵
摇钱树。千百年来，三十六礁总以螺、蛎、蟹、
贝馈赠讨小海的渔家人。每逢农历初三、十八大
潮日，渔家男女纷纷出海，或驾船踏浪，或涉滩
攀礁，总是满载而归。

定海的第二次扬名，源于20世纪90年代初
的中澳联合考古队的水下考古，它开我国水下考
古项目先河。"白礁"是定海湾"三十六礁"中
一块看似不起眼的礁屿。然而，就在白礁周围海
域，水下却埋藏着多处南宋古沉船及众多的海底
文物。自70年代末当地渔民开采蛎壳开始，至
90年代我国水下考古队三次对以白礁为基点的
定海湾水下调查、挖掘、测绘，这里先后出土了

唐瓷、宋瓷、元陶、铜钱、铁器、石碇、石水槽、古船板等海底文物。其中，宋瓷司南、元至正年号的铜权以及印有"国姓府"字号的抗倭炮铳等为我国罕见文物。为什么会有如此多的古陶瓷器埋藏在海底蛎壳层中？显然这里可能有沉船。学术界一直争论的唐末五代闽王王审知开辟的甘棠港可能就在定海湾海域？甘棠港作为唐代"海上丝绸之路"起点之一，许多外国商船停泊于此。"秋来海有幽都雁，船到城添海外人"，就是当时甘棠港闪烁异域文化的形象写照。如今，定海湾渔民尚有昔日甘棠港盛象的描述："水涨三官堂，潮退鲤鱼埕，船泊银杏树。"2001年2月，定海白礁水下沉船遗址被福建省人民政府列为第五批省级文物保护单位，保护范围在以白礁Ⅰ号遗址为基点，半径百米的范围内。

如今，定海已渐渐掀开神秘的面纱，吸引着越来越多的游客前来攀山看城，观海听涛，寻古探奇，感受这个千年古城的无穷魅力……

山河记忆

吴惠聪　江燕鸿

　　山河，如此大气的词语竟然是一个小山村的名字，这便叫我们十分惊奇了。尽管早就知道这个小山村的历史那样不一般，不过，真正到村子走一走，才真切地感受到古朴与厚重。山河，就这样长在了我们的记忆中了。

　　来到诏安县的这个小山村时，太阳刚刚撩起她水蓝色的面纱，露出红润润的脸庞。远方墨黑的群山突然间生动起来，仿佛经过一番精心装扮似的光彩照人。夹道两旁的青绿色禾苗是训练有素的迎宾小姐，她们优雅地含笑低头鞠躬，一路殷勤地把我们迎进山河。此刻，这两个龙飞凤舞的字正卧在一块从土里长出来似的大石头上，惬意地享受着新鲜晨露的滋润，享受着胭脂般迷人的晨曦的爱抚。

　　从车上下来，我们慢悠悠地走在乡间小路上，看路边的牵牛花着一袭淡雅的罗裙，小家碧玉，亭亭玉立；看淡黄色的蒲公英张开无数小伞，送给我们早晨的第一个问候。虽说是小路，却再也不是记忆中下个雨能泥泞好几天的土路。平平整整的水泥路，像串珍珠似的将家家户户连接起来，再到村口这儿打了个结，整个村子活脱脱像一串典雅的项链，村口的那块镌着村名的巨石，就是匠心独运的坠子。这里的人们喜欢在房前屋后搭个瓜架或是竖个篱笆，南瓜、丝瓜、佛手瓜，慢条斯理地爬满了架子，将绿油油的叶子一片片铺开，叫人看着舒服。金黄的花朵点缀其间，仿佛是哪位绣娘飞针走线的杰作——但又是什么样的作品能有这样鲜活的生命呢？花儿招蜂引蝶，给小巧的院落平添了几分热闹。也有已经长出来的瓜，工艺品一样精致，挂在碧绿的藤蔓间慢悠悠地荡秋千。

早起的母鸡带着崽子们出来散步，它们沿着水泥路，从这家门口溜达到那家门口，可惜坚硬的路面踩不出它们竹叶一样好看的脚印。绒球般滚圆可爱的小鸡已经学会用尖尖的嘴巴在瓜架下面松软的泥土里认真地啄着，不时用脚刨一刨，偶尔找到虫子，便大声欢呼起来。找不着的赶紧过来抢食，叽叽叽叽，叽叽叽叽，奏出一支流行千百年的晨曲。傲慢的公鸡则顶着鲜红的冠子，高耸着它那油光滑亮的尾巴，不紧不慢地踱着方步。它是位身份高贵的家伙，轻易不言语，偶尔引颈一声高鸣，就让整个村子竖起耳朵谛听。

陆续地，有人打开了院门，迎接清晨的第一缕金色阳光。小路上渐渐热闹起来，有提着菜篮子上集市的，有带着孙子出来溜达的。每个人脸上都带着笑，很干净的笑容。是啊，火红的太阳又升起来了，新鲜的一天又开始了，怎么不叫人高兴呢？几条小黑狗也从自己的窝里伸着懒腰走了出来，呼吸着乡下特有的新鲜空气，让人奇怪的是它们见了我们这些陌生人居然也不叫唤，顶多拿眼睛瞧着我们。那眼睛可真黑得发亮，仿佛灿烂的阳光落到了里面似的。朋友以主人的身份带着我们东家喝一盏茶，西家吃一碟点心，淳朴的乡亲们都特别真诚地笑着，笑意一直蔓延到眼睛底部。

时间在清茶氤氲的香气中一点点飘散。午

后，太阳光变得有点慵懒，散漫地用看不见的画笔在地上描摹出一幅幅光怪陆离的画。朋友建议我们去村子看看。我们兴致大发，顾不上灼人的紫外线，出发。

到山河，有一个地方不得不去，那就是叶太恭人祠。我们相当好奇：该是怎么样的故事才能在这个小山村留下这一座名噪四方的祠堂呢？朋友的介绍让我们了解了这座祠堂的来历。

祠堂的修建者沈宝善是清乾隆年间山河村的骄傲，这位从山河村走出去的官员政声颇佳。这座祠堂是他奉旨为其母亲所建。他的母亲原只是府中一名奴婢，生前不声不响、低眉顺眼地活着，死后依照祖例神牌是不能进入宗族祠堂的。沈宝善官至奉政大夫，而且是个至孝之人，不忍心母亲百年后的孤独凄凉，于是上奏朝廷得到准许，修了这么一座颇为壮观的祠堂，而且留下叮嘱：除其生母叶太恭人外，其他人的神牌一律不准进入祠堂供奉。想来，厅堂上那一根根几百年来努力挺直了脊梁的石柱，撑起的不只是这位母亲的尊严吧，尤其是在那个女子毫无社会地位的年代。

　　站在祠堂面前，眼见着这祠堂虽历经了几百年风雨的冲刷，摇摇欲坠，可是那些雕梁画栋一样让我们感受到当年的风光。不过，比起前面这座一本正经的祠堂，我们还是喜欢后面的花园多一点。后花园，沈宝善是专门修了让母亲游赏的。这里比祠堂少了一些气派，多了一抹温馨、一丝韵味。我们可以想象着那位幸运的母亲在此流连时的欣慰。我们轻轻地走着，从花园门口绕到花厅再绕出来，不敢发出什么声音，生怕惊动了这里沉睡的某位故人。

　　一行人踩着亮晶晶的阳光，来到了村子里最神圣的地方——震山古寨。那是一座方形的土楼，斑驳的墙壁把漫长的历史凝固成一幅抽象画，透过那些古怪的线条，我们看见华丽而沉重的过去。古寨外面，一棵榕树静静地站着，静静地看着我们这群不速之客。老榕树的主干粗壮，三四人估计都合抱不来。树干上的皮粗糙不堪，似老榕树写满了沧桑的容颜。它是真的很老了，裸露在地面的嶙峋树根像盘伏着的蟒龙，宣告着老榕树的年龄。但是它又是那样年轻，巨大的树冠骄傲地向天空舒展，再舒展，浓碧的树叶炫耀着它不凡的生命力。阳光从层层叠叠的枝叶之间挤进来，在地上画出斑斑点点，风过树梢，斑点竟摇摇晃晃，像是谁用俏皮的手指在老榕树的心湖上点出圈圈涟漪，漾起层层心事。在我们好奇的目光中，老榕树沉默着，是一种看遍日升月落的淡然。两三只狗懒洋洋地趴在树荫下打瞌睡，耷拉着耳朵，蜷缩着身子，听到我们的脚步声，把眼皮略微向上抬了抬，连眼珠子都懒得转动，就把头重新埋下，继续它的白日梦。从震山古寨匾额高悬的大门进来，我们来到了寨子的中心点——震山祖祠。栩栩如生的盘龙戏凤在一片灰蒙蒙的屋顶中显得格外艳丽。门前两个青麻紫石雕琢的石鼓被几百年的岁月打磨得光可鉴人，底座的雕花却不因时间的无情遗失了精致，反而更显细腻柔和。那天，同行的一位女孩儿刚好穿了一条长及脚踝的纱裙，从高高的门槛跨过去，裙摆拂过那段几乎枯朽但仍坚守岗位的木头，恍惚间以为自己穿越了时空。就是不知道那个男尊女卑的年代里女人是否像她一样拥有随意走进这个祠堂的权利。几位古稀老人围坐在一起打牌，不紧不慢地。现代生活的快节奏被两扇老态龙钟的门关在外面，唯余相处了近一辈子的老兄弟之间熟悉的话题。打牌不是目的，输赢也不是那么重要了。我们这群人的到来并未引起老人家过多的关注，他们只是礼貌性地点点头，又沉入他们自己的世界，只有头顶上那些褪了颜色却依旧美丽的木工雕花牵引着我们的目光，那些虽是年久，字迹依然遒劲的匾额引导我们去追随这里曾经的辉煌。

我们最感兴趣的当然是那根传说中会预示贵人出现的石柱。这根石柱确实够奇怪，祖祠建造不久，好端端的石柱中部开始风化，看上去像沾了水，湿漉漉的。传说这根柱子的每一次风化，不久后村子都有人在科场中得中，而且政绩显著。风化越是严重，"贵人"出得越多。怎奈，我们这些俗人凡眼，瞧了老半天究竟看不出这柱子的天机奥秘，只能对着这根中部已蚀成圆柱的石柱不胜感慨。起先，那位穿着长裙的女孩儿只是使劲地瞧着，后来一时没忍住，手就抚上了石柱，她说这样能不能沾上些灵气。于是人人不甘落后，大家相视一笑，看来真的都是凡胎俗人，难免向往繁华。

再一次从高高的木头门槛迈过，女孩儿摇曳的裙摆再次拂过，如蹁跹的蝶。悄然无声地，我们仿佛从一帧泛黄的老照片中走了出来。

祖祠的外层就是这个村子的大寨。朋友骄傲地介绍，这寨子于清康熙年间就开始修建了，直至乾隆登上九五之尊才修成，前后历经了五十多年。大寨在时光的洗礼下渐渐淡去了丰腴的面庞，却积淀了一身雍容气质，令人过目难忘。

围着震山祖祠的房屋共有三圈，圈圈相套，每圈都有一个由精磨石条筑成的大门。如今，这些石条大门依旧在这夏日午后的暖风中挺直了身子，丝毫没有颓废的感觉。朋友带着我们从最里圈出发，一步步丈量脚下的路。走在大寨的巷子里，走在一个安静的梦里。如今村子发展得相当不错，借着科学技术的东风，利用村子得天独厚的地理环境，村子发展了大棚蔬菜种植，加上颇为厚实的底子，许多人家都在寨子外面新建了小洋楼，寨子里许多房间就这样空了。当年种下的瓜依旧年年开花，阳光慷慨地洒下来，抚慰着这些寂寞的笑容。一些野生的草长得蓬蓬勃勃，有的甚至攀着黄土夯成的墙爬上了半空，成了各种小动物们嬉戏的乐园。这里真的很安静，连风拂过这一大片绿叶，都不忍心大声喧哗，生怕惊动了什么。我们从这里走过，软底的鞋子小心翼翼地踩着潮湿的小路，脚印深深浅浅，就是没有一点声音。碧绿的苔藓从每个角落露出来，偶尔沾上我们的鞋子，给鞋子绣上几朵淡绿的花。

我们走到最外面一圈的时候，一种奇怪的声音引起了我们的好奇。因为这声音在这样安静的环境下实在突兀。朋友带着我们循着声音来到一间屋子，是一位须发皆白的老人家，手里拿着一把形状奇异的刀子正削着竹子。朋友告诉我们，这位老人在做"火烛"，为的是迎接村子里一个相当隆重的节日：祖公寿诞。那天，全村人都要游火烛。老人的门边上已经放着一些做好的火烛，细一看特别像巨大的玉米棒子。老人说，把竹子上端劈成一条条小片，再用草纸搓成纸绳将竹片编成漏斗状的圆筒，火烛就做好了。届时浇上花生油，点上火，一支火烛可以燃四五个小时。现在，村里会做火烛，而且做得这样好的人，已经不多了。

朋友邀我们到时候一定来看看。想象整个村子一起点燃的火烛，那场面让我们心动，于是毫不客气地答应了，而且十分期待。

八月十四，月儿已经很圆了。惦记着那个约定，我们等不及太阳落山，就再次与山河见面了。

与印象中的安静截然不同，今天的山河热闹得我们有些认不出。三五成群的孩子，脸上带着藏不住的笑容，提一串鞭炮，或举一支未点燃的火烛，游走在各条巷子，提着篮子匆匆赶到庙里上香的妇女，以及那些散落在各家门口的鞭炮纸屑、泊在路边直排到村口的汽车、来来往往的客人、到处飘洒的欢声笑语，无不在显示着这个传统节日的盛大。

在朋友那里用过晚饭，好不容易把太阳盼回

了家，凉悠悠的月儿挂上了天。月亮圆得很有韵味，如水的月光洒下来，给这个晚上涂上一层神秘的色彩。远远地听到几声锣响，我们急忙忙带上备好的火烛，赶到祖祠，担心错过哪个环节。戏台上，穿红着绿的戏子们卖力地唱着我们听不懂的曲目，不过那唱腔还有身段可真叫人佩服。只是我们更关心的是游火烛的节目什么时候可以开始。

戏台上，丝弦声声；戏台下，锣鼓阵阵。我们的眼睛忙极了，都不知道往哪里看了。一位小伙子双手紧握住四五支火烛，高高举起，一边绕着人群奔跑，一边飞快地挥舞着手中的火烛。鲜红的焰火旋转成一个圆圈，如同那华丽的冠冕，加上他那一身明黄的劲装，在夜色中格外抢眼。这种力与美的表演刺激着每个人的神经，特别是像我们这样第一次看见的，更是忍不住高声喝彩。年纪小一点的男孩子则举着从祖祠里面请出来的神像，跟随其后，踩着鼓点，一路奔跑。火烛的亮光照着他们的脸庞，满脸的汗水挡不住飞扬的神采。在他们身上，我们看到了一种叫作青春的奇迹。这样欢腾的场面，很容易让血液沸腾，心潮澎湃。

在一阵紧密的锣鼓声中，宝相庄严的沈祖公神像被十几位年轻力壮的小伙子抬了出来，一脸平静地看着沸腾的人群，淡定如那株此时依然静立不动的老榕树。而不淡定的我们早已将手中的火烛点燃，四周的火烛也迫不及待地燃起，火焰在人们的眼睛里跳动着。火，这种热情神圣的东西，再一次发挥了它的神奇力量，把我们的心都点着了。我们热切地看着这些小伙子大声吆喝着口号，将这座神像抬着奔跑，奔向今晚的第一个高潮。

在祖公神像的带领下，乡亲们举着火烛开始了浩浩荡荡的游行。几千支烧得正旺的火烛，连成一条火龙，把村子照亮了。这种气势，连天上的一轮明月都黯淡了。火焰，古来多少个民族将它作为自己的图腾加以膜拜。但总以为它已经在历史的年轮中碾成记忆，唯余隆隆的回声了，今夜竟有幸见到它以如此浩大的声势把自己牢牢铭刻在人们心中。山河，这个古老的村子，在火的呼唤下，再一次迸发青春的活力。

　　月亮已经升得很高了，我们的队伍还在继续着，将走遍村子的每一个角落，把火的力量传送到每一个角落，传送到每个人的心里，并且，传之久远……

古风大坝　流韵凤池

程　楷　游友川

　　延平区东郊的南山镇大坝村，是延平区千年古村落之一，与凤池村隔河相望。村落依山面水，吉溪穿流而过，前有喇叭峡口，后有龙山罗列，群峦环抱。"浣汲未防溪路远，家家门前有清泉。"古老的水利系统——水圳引活水入村然后流向村外灌溉农田，全村受益。

　　大坝村历史文化积淀深厚，村中遗存有古坝渠、古民居、文禄府、狗头山遗址、茶山遗址、古墓，姓氏祠堂有朱氏祠堂、朱氏祠堂厝、陈氏宗祠、王氏宗祠，以及罗山禅寺、太侯（财神）庙、将军殿等民间信仰庙宇，岁时年节举办传统庙会民俗活动。

　　一座祠堂，一座姓氏纪念碑。我仰视的这座纪念碑，不刻铭文，可读经年。它位于大坝古街头，近年落成的仿古门楼，别致壮观。大坝沛国朱氏宗祠始建于明嘉靖年间，距今五百余年。祠堂地势从低向高三层连墙，各有四间杠梁的单层木构房，三栋一直，三门直道，门楼设在祠堂前右方。据介绍，早期曾在祠内设书斋以儒学诗书教育朱氏子孙，族内先后考取进士、举人者有几十人。民国间美以美会学校设在祠内办学。中华人民共和国成立后，这里成了大坝中心小学所在地。村里六十岁以上老人都记得幼年在旧祠内上学的经历。

祠堂大厅奉祀两座神主牌：一是大坝朱氏入闽开基始祖朱古僚，一是集理学大成者朱熹。龛顶悬匾"义阳堂"，和朱子供奉一堂的朱古僚，神主牌标明"皇唐敕封节度使判官"。两边柱联是"中州文盛地，开府武军门""启宇溯南唐参赞军机迹发龙津怀武烈，芳徽传北宋昌明圣学源开鹿洞仰文宗"。追本溯源，"文宗""武烈"诠释了朱氏入闽历史及先贤丰功伟业。一年一度，朱氏宗亲聚会祠堂举行祭祖仪式，祭仪内容之一，即恭立诵读《朱子家训》，弘扬朱子"读书、循理、和顺、勤俭"的睦族立身之本。

在大坝朱氏宗亲理事会编印的资料中，读到"羊有跪乳之恩，鸦有反哺之义""祖宗是共同的，祠堂是大家的""没有百年的亲戚，只有千年的祠堂"等通俗表述，我断定这应该就是"破译"朱氏祠堂得以延续千年的一道"密码"。氏族祠堂像一位老人讲述姓氏血脉源远流长、岁月过往，也像一部连续剧演绎族裔繁衍、播迁流向，更像一根联系古往今来剪不断的纽带，牵出一串长长的回忆与理还乱的乡愁话题。大坝历史上还有一座朱氏祠堂厝，作为祠堂的附属建筑，见证并收藏过外地宗亲前来大坝谒祖敬宗交往联谊的场景。

一方风俗，一方乡土精气神。我品味的大坝元宵节乡风村俗，淳古犹新，与众不同。年年元宵由村民轮值"做头"，负责筹办各项民俗活动。正月十五这一天，早、中、晚分别由村中人家准备十大碗熟食"素供"，俗称"百家宴"。十碗大同小异，如豆腐、金薯、蒿笋、木耳、香菇、笋干、粉丝、米粿、年糕、煮面等等，顺便带上一罐家酿米酒，用竹篮或箩筐装上。同时还备有碗、筷、瓢、杯，如在家用餐一般。虽然都是自家地里种的或家常菜肴，各家主妇仍尽展厨艺，烹出各色美味，挑到指定地点（多数分三个点，每个点三十多桌）饭桌，不论来自何方人氏均可同桌共享这一富有乡土风味的百家宴。供者真诚如醴嘉宾，食客欣然如沐春风。据传村人乐善好施，这一天让所有穷人同宴节俗自古有之。这一天，也让我在围桌举箸邀杯间感受到何谓至善，何谓大爱！清清淡淡百家宴，吃出了浓浓乡土文化，演绎了传统习俗蔚然鲜活的别样风情。

传说朱氏孟房有位先人在外任中遇大旱，因动用官粮赈济灾民被追究缉拿，经驿站时有两个少年救助得以逃脱，分别时问其姓名，曰姓王、姓杨。后来朱氏不忘救命之恩，在乡中建庙将王、杨两位恩人尊为"太侯"。懂得感恩的人更懂得施恩于人。久而久之又尊"太侯"为有求必应的财神，进香者来自四邻八乡甚至邻省。年年元宵抬出神舆巡游，踩街队伍由文昌平台队、舞龙队、铁机队、古兵戈队等方阵组成，浩浩荡荡。"古兵戈"即銮架，均为金属制成，共三十六件，已保存了百余年，可算是文物级"兵器"。

"铁机"是当地叫法，为流传于南山一带的一种民间表演形式。"舞台"由一个木制机架构成，八人抬着。一架铁机"站立"两个扮相男童，一个站在机架上，一个站（固定）在小基座上，一上一下看似用手"举"着。常见扮相有八仙过海、梁祝、长坂坡、观音送子、红楼宝黛、断桥借伞等人物形象。站在铁机上不用讲话。元宵节踩街全村从上午八时至下午三、四时结束。铁机选择男童、着装化装、装机仪式，均由长者负责。

在外的大坝人，除夕可以不归家，元宵节不能不回乡，还可以邀请友人一同回大坝过节。正月十四，各家摆开宴席，接待亲朋好友，来的都是贵客，自古如是。醇厚的酒香随着清爽的山风、浓烈的乡情温热了村夜的宁馨。

元宵节也是大坝民间信俗财神庙神祇诞日，进香人群络绎不绝，庙宇内特大红烛（每对上百公斤）摆满庙堂，庙宇外火树银花鞭炮震天。正月十四晚进香达到高潮，从当晚便开始燃放鞭炮，直到零点。正月十五清晨，家家门前摆起糕饼果脯供桌，鞭炮用竹杠高挑或从楼上连片垂挂而下，挂成红色"鞭炮帘"。村民抬出神舆巡游全村，家家户户燃放千响炮，奉香恭迎。感恩、企盼兼而有之。

　　一部族谱，一部氏族源流史。我奉读的这部"源流史"，源流久远，郡望声隆。一行朱子文化学者专访朱氏祠堂，宗祠理事长郑重捧出一个木盒，书有"义阳郡立、甲子年修"的《闽延沛国朱氏义阳族谱》，说是平时不予观瞻，各位是贵客例外。该宗谱为古宣楷书抄写，保存最早谱序是南宋宝祐五年的。义阳谱方形开本，黑皮纸封面，厚重如城砖。族谱是了解姓氏、开启氏族源流脉络的一把钥匙。谱序述略，朱古僚是义阳郡沛国堂朱氏入闽始祖，于唐末景福二年，由河南光州固始县，随王潮入闽，任建宁军节度判官，后来乐于延平溪山之胜而择居焉。两百多年后，北宋宣和八年，徽州婺源朱松授迪功郎任建州政和县尉，随后举家迁政和。朱子家族与大坝朱氏有何关联呢？《考亭紫阳朱氏总谱》载，茶院朱氏始祖朱古僚兄弟四人为古训、古僚、古祝、古佑，而大坝朱古倧排行第六。他们都生活在南唐，从"义阳堂"朱氏字派排序看，朱古倧与朱古僚应为堂兄弟关系。两支朱氏先后入闽，一本同源。朱熹曾做过考证："今连同别有朱氏，旧不通谱。近年乃有自言为茶院昆季之后者，犹有南唐谱牒，亦当时戍镇将校也。"大坝朱氏同茶院朱氏虽然脉有分支，但源则为一，同属于沛国派。朱古倧入闽早，延平是其后裔开枝散叶之地，延续郡望千余载，有迁居毗邻沙县、尤溪、建宁、建瓯、建阳以及闽东、闽南等地者。

世代生活在"延平四贤"故里、理学名邦的大坝朱氏族群，深受"延平四贤"理学思想的影响。"武烈"的子孙在大坝繁衍生息，崇武的同时兼而成为"文宗"传人，注释了大坝朱氏祠堂供奉朱子的因由。大坝朱氏祖祖辈辈以物化的义阳郡沛国堂朱氏宗祠为氏族共同守望"水源木本"的平台，以姓氏文化建设为载体，不断拓展与外地宗亲的联谊，增进亲缘归属感、邻里认同感。一直以来，朱氏家族重视耕读重教育人，以诗书教化子孙的遗风犹存。但凡族谱，都附有祖训宗规儆戒族人，义阳谱亦然。沛国族规有"十当""六戒"，如"国法当尊""戒见利忘义"等等。如今他们更注重吸纳时代正能量，创新《朱氏宗亲守则》内容，用更通俗语言，如爱国、爱乡等等，书于祠堂墙上让同宗共守。守则体现大坝朱氏睦族继承不守旧的新观念、新思想，给来访者留下了深刻印象。

历来，在中华文化博大精深的有机组成中，宗族文化一向是不可缺失的重要元素。由于岁月流逝、朝代兴替，曾经有多少盛极一时的巍峨构建和繁荣景观，昙花一现或者惊鸿一瞥之后，就消逝于时间的漫漫长河里而不知所终，但是有些遗存却能够历经世代变迁、离乱辗转得以绵延至今。位于延平区南山镇凤池村的游定夫纪念馆，以其独树一帜的建筑风格、底蕴丰厚的内涵寓意和绵延不绝的历史传承，在中国文化宝库中，占据着重要地位。

游酢，字定夫，又称豸山先生，是北宋末年著名的理学家、教育家和书法家。成语程门立雪

的典故，指的就是宋元祐八年，他和杨时一起赴
河南洛阳执弟子礼拜见程颐的故事，进而成为中
华民族尊师重道美德的经典注解，而世代流传。
嗣后，源于二程的理学道统，在游酢和杨时的不
懈努力下，得以扎根武夷山麓，奠定了影响深远
的闽学之根基，并经过以朱熹为代表的再传弟子
们的不断发扬光大，继而开创了对中华文化影响
深远的新儒学体系——朱子理学。在中国哲学史
上，习惯把二程理学与朱子理学合称为程朱理学
体系。在程朱理学从发端到渐趋成熟，游酢和杨
时起到了承上启下、继往开来的重要作用。

　　有鉴于此，南宋理宗皇帝对游定夫的功绩特
别敕文表彰，并降旨在建阳长坪富垅的游酢故里
敕建豸山书院，用以宣扬他为继承道统、倡道东
南所做出的杰出贡献。

　　查看游氏族谱，南宋乾道七年，游酢五世孙
游严移居南剑州吉溪凤池里。元延祐三年，游酢
九世孙游以仁始建游定夫祠，宗祠历经明、清和
民国等各时期的修缮，得以保存至今。据《大梁
墨书》载，现祠为清道光十七年所修，坐东北朝

西南，北靠狮山，南依凤水，祠堂正门前方地势开阔舒展，有联赞曰："砺狮山而钟秀气，带凤水而焕文光"。

游定夫纪念馆平面呈金字形，左右两口荷花池塘如同金字下方的两点；从西南而东北的中轴线上依次为门楼、庭院、天井、荷池、前堂、大堂；四周围墙，内分东、西庑。祠门楼为单楼八字墙式，直进二堂，抬梁穿斗五开间。前堂为单檐悬山穿斗式，面阔九间，大堂单檐悬山穿斗式，面阔七间，屋面坡缓，出檐深长。祠内木雕刻和装饰精美。

大堂正中为游定夫塑像，左为游氏凤池开基祖先游开塑像，右为第十六代世孙、明朝两京刑部右侍郎游居敬塑像。正堂的额枋上悬有南宋理宗宝祐三年钦赐的"御赞匾"。正堂、中堂与前堂悬挂"思成堂""万年仪式""孝思不匮"等牌匾。两边有朱熹所撰楹联："道南首豸山学共龟山同立雪，理窟从洛水本归濂水引导源"。祠内存有六块纪念元、明、清、民国等不同年代修建祠堂的石刻碑记。

　　游定夫祠不远处，游氏后裔仿照原豸山书院兴建游定夫书院，也称豸山书院。书院陈列社会各界名家楷、行、草、隶、篆各类书体书法及诗、画、印、联。凤池村游氏后裔孙对本祖的祭祀、追念活动历代一直没有间断过。近年来，他们自行筹集资金将御史游定夫祠、游定夫书院修葺一新，还建了游定夫学校、程门立雪亭，修缮了朱熹高弟游开之墓、明代理学家游居敬之墓，以及大型成对石雕神道等。

　　春秋代序，谱牒昭然，宗亲的力量在这里有了直观的表述和结实的载体。通过游定夫纪念馆的近观远眺，我们能够在精心揣摩之余，细细品味姓氏文化积淀的不朽传奇，感受到来自中华民族血脉传承的巨大向心力和顽强生命力。

十里春风走观前

黄文富

　　观前，位于浦城东南二十余里的南浦溪畔。

　　这里，依山傍水，临江溪与南浦溪在此交汇，溪面形成丫字形，迤逦蜿蜒朝南流入闽江……村前、村后三座小山，土黄者，谓金山；土白者，谓银山；形似龟者，谓龟山。远眺观前，恰似一幅"三山夹二水"的水墨丹青画。三山枫叶红遍，二水绿得发蓝。有诗云："山截溪将断，川回水忽通。"

　　观前，初始开发于南朝。史载，刘宋元徽四年著名文人江淹，因直言劝谏得罪权贵而被贬吴兴（今浦城），当了三年"七品芝麻官"小县令。但"仁者爱山，智者爱水"，文人自有文人的乐趣。在吴兴，江淹虽不得志，却乐得笑傲江湖、放浪山水，除在城郊的梦笔山，留下"梦笔生花"的千古佳话外，还在观前写下了《赤虹赋》一文："东南峤外，爰有九石之山，乃红壁十里，青葶百仞，苔滑临水，石险带溪……"风流浪漫的江淹，惊艳于观前的丹山碧水，拜倒在观前的"二水交流""三山秀丽"的美色之下。

观前当年是连接仙霞古道，北上中原、南下兴化的水运码头，也是南货北运、北物南下的物流集散水陆中转之地。有文牍："观前，客栈商号鳞次栉比、连街成片，码头舟船来往如梭，街市商贾喧嚣云集。沿溪而筑的吊脚楼下，女嬉笑声声，沿街酒肆旗幡招幌，歌楼丝竹管弦，胜似湘西凤凰一派盛景。"

有专家学者考证，观前的吊脚楼与湘西凤凰吊脚楼比较，木构屋檐更为突出宽长，为的是沿溪而建不占河床，又利于南浦溪春潮时，洪水通畅，而吊脚楼安然无恙。

观前史上的一些大户人家宅院，颇具南北合璧的民宅建筑风格，皆为纵向的四合院。正门由青砖浆砌而成，后门为石砌拱门。每宅之间，皆有马鞍形封火墙隔离，以避殃及四邻。这些宅院，前门皆以鹅卵石铺成小方坪，坪中垒以假山水池，进而为客厅大房，客厅两旁的敞廊与小天井结合，益于遮风挡雨、采集阳光、流通空气。这些宅院建筑精细、风格各异，有的用木漏窗与木浮雕并作隔窗，有的用木雕、石雕、砖雕加以装饰，更显耕读传家的儒雅之风。

观前的寺庙、道观、宗社、祠堂，如金斗观、水东社、关帝庙、观音阁、谢氏宗祠、叶氏宗祠、周氏宗祠、张氏宗祠，还有沿海盛行的妈祖庙。这些遗存，正门皆以砖雕装饰，砖雕上抑或历史人物，抑或百鸟花卉、飞禽走兽，装点着梁坊、窗榄、走廊、神龛，浅雕、浮雕、透雕，都十分精致。

观前隔溪对面的金斗山，尚有"小武当"之称。传说，山中的金斗观所供奉的"道教三官"（天官、地官、水官），皆能各负其责、各司其职，即天官与观前带来福祉，地官与观前赦免罪孽，水官解观前之倒悬……这些观前民间崇拜的偶像及传说，折射出了观前的百姓们祈求风调雨顺，国泰民安的美好愿望。有史载，少年的朱熹，春日观前游金斗山后，作了《刘圭父约为金斗之游次韵》一诗：

> 几日春风未破寒，远峰晴露玉巉岏。
>
> 不成蜡屐携筇去，且复钩窗挂颊观。
>
> 闻道追游当作意，故应期日尚能宽。
>
> 阴崖冻合无垂练，却恐诗翁兴易阑。

那是南宋绍兴七年，朱熹之父朱松奉诏入朝，将其母祝氏和七岁的朱熹寄居浦城。朱熹在浦城幼稚启蒙，读《孝经》时，曾在书楣批注："不若是，非人也！"绍兴十年，朱松力主抗金，被奸相秦桧所忌，愤而辞职返乡，才将家人从浦城迁居建瓯。

观前的谢氏宗祠，是南宋爱国诗人谢翱的故居。

南宋景炎元年，元兵南下，文天祥辗转南剑州（今福建南平），设立都督府，招兵募马，收复失地。家居观前耕读的一介书生谢翱，投笔从戎，毁家纾难，筹集乡丁三百余，从观前启程，沿水路直下南剑州，投文天祥帐下，任咨议参军随文天祥转战潮汕。

文天祥兵败，写下了"人生自古谁无死，留

取丹心照汗青"的千古诗篇，以浩然正义，慷慨就义……宋亡后，观前的三百余乡丁，死的死，散的散……谢翱誓不降元，隐姓匿名，流浪江湖，将国破家亡、痛失战友的悲痛和报国无门的压抑，寄情于故国大好河山之间。谢翱漂泊流离，先后在姑苏望夫差台、吴越的越王台、富春江严子陵钓台等文天祥宦游所至，写下了大量的诗作。这些诗作情真意挚、深切感人、沉痛悲愤、风格峭劲，在南宋亡国后的文坛独树一帜，大放异彩。其中，为吊念文天祥而作的《登西台恸哭记》，成为中国古代文学史上悼念死节战友的散文名篇。谢翱对故国家园的思念，对死节战友的魂牵梦萦，不正是今天我们需要的家国情怀吗?!

距观前一箭之遥的轮藏寺，始建于唐至德年间。大中十二年，唐宣宗亲赐匾额"大中禅寂"，轮藏寺因而易名"禅寂寺"。该寺坐西朝东，四面环山，面临空谷，掩映在苍松翠柏之中。旧时，此地有八景：轮藏殿、仙翁桥、飞凤岭、花鲲池、参天柏、巨公松、栖真塔、泻香泉，每景均有前人赋诗一首，历代名人亦至此参禅膜拜。朱熹之父朱松曾宿此寺，并赋诗："眼明佛屋丽丹碧，瓦鸥凤凌虚灵空。"如今轮藏寺千年神韵犹存。你若至此，敬畏之情定会油然而生。据传，建文帝朱允炆与其四叔明成祖朱棣争皇帝位失败后，"金蝉脱壳"遁入空门，曾在轮藏寺出家当和尚。孰真？孰假？有待后人探秘。

沿观前街市青石板铺路的台阶而下，登舟将行，顺溪漂流，九石渡就像一幅山水画轴，缓缓铺开在游人的面前……这里是临江溪与南浦溪汇合的观前溪段，溪水平缓、宽阔、青碧，岸边怪石逶迤、翠竹青枫、乔松艳草、旖旎如云，两岸山崖瀑布飞泻，宛如素练当空、轻绡垂悬。九石渡犹如十里画廊，移步景换，令人目不暇接。

船至九石山，但见山山分明，又山山连接，横亘两岸。船行九石渡还可以沿溪观赏卧牛饮水、老鼠岩、一笔峰、仰狮峰、仙人峰、望江台、红花石等风景，山光水色，相互映衬，蒙蒙眈眈，时断时续，有说不完、道不尽的诗情画意。明代地理学家徐霞客，清时琉球使者均遗下诗文……

游毕九石渡，舍舟登岸，但见，遍山松柏挺立，枫叶耀眼，杜鹃盛开，新茶吐绿，山麓几幢民房，白墙黑瓦，坐落在小桥流水、岸边垂柳丛中。有诗云："有家皆掩映，无处不潺流。好树鸣幽鸟，晴楼入野烟。"你若行至观前，定会欲将观前比武夷，将九石渡与九曲媲美……

观前，这一南浦溪畔的明珠，就像一位豆蔻年华、风姿绰约的山姑，毫无矜持地挥舞烂漫的山花，迎接四方的朋友，投入她的情怀。

崇仁访古

杨志林

　　崇仁位于光泽西北部，青山环绕，山清水秀。这里历史悠久，是闽北文化，甚至福建文化的发源地之一。在一闲暇之日，我走进了古村的小巷与院落，探寻一段当地的历史与故事。

　　富屯溪是闽江的源头，崇仁就在富屯溪的边上。据说崇仁古街始建于明末，距今约有四百年历史。《光泽县志》记载，明朝时，山东省渤海龚姓人家在朝做官，因得罪权贵被治罪，家中三个儿子分头逃难，其中一人逃到了崇仁。当时这里地处偏僻、人烟稀少，经过龚氏先人的开垦，这里逐渐形成了村落，随后，又有裘氏、王氏、邱氏人家迁入此地定居，于是，荒凉之地在几大姓的共同努力下形成了街市。

　　富屯溪从崇仁街边流过，这为它的发展提供了良好的条件。过去，在陆路还不发达的年代，水路成了主要的交通要道，而崇仁是江西通往福建的必经之路。古街形成后，这里便成了商品集散地，主要进行笋干、茶叶和粮食等物品的交易。每逢圩日，附近居民接踵而来，甚至连江西铅山、贵溪等地的客商也会聚于此。据光泽史料记载，崇仁曾经繁荣一时，当时有一条长约千米的古街，古街两侧店铺林立，客栈、酒坊、米行等，应有尽有。

如今，古街繁华殆尽，我们只能依稀看到当年码头的遗址，还有就是码头边这棵千年樟树。古树在村头，与周围的民居融为一体，村里人都把老樟树当成风水树，逢年过节，不少人会到树下祈祷一番，希望能给家人带来平安。这棵千年古樟，寄托了人们无限的遐思和梦想。

离开古树，我们行走在鹅卵石铺就的小巷上。在崇仁，大大小小的小巷，足有五十多条，纵横交错，曲折迂回，呈网状分布，游人进入小巷，如果没有当地人的指引，很难走出。

脚下的这条巷叫"姻缘巷"，姻缘巷以前并没有名字，因这里曾发生的一个爱情故事而得名。故事的男主人公是一个年轻的猎手，女主人公是一位大户千金，在讲究门当户对的年代，他们的爱情注定得不到家长的同意，女方父母为断绝女儿的念头，把她反锁在闺房之中，不久，姑娘就病倒了。年轻的猎手知道后，每天晚上冒着危险爬墙去探望姑娘。后来，几经抗争，这对真心相爱的男女终于有情人终成眷属。人们就把这条无名的小巷称为"姻缘巷"。据说，在小巷的墙壁上，如果你细心地寻找，还能发现故事主人公爬过的痕迹。

行走在小巷之间，仿佛置身于明清时代，一些只有在古装戏中才有的镜头，现在却真实地出现在我们面前。据统计，在崇仁村共有五十余幢明清古民居，保存完整的要数龚氏住宅和裘氏宗祠。龚氏住宅这座规模宏大的建筑，始建于明嘉靖年间，清康熙五年曾经扩建重修，是当地现存年代最久远的一座建筑。龚氏住宅完全是木结构，分为三进三厅，由门墙、影壁、天井、耳房、厅堂、厨房等组成。一进大门有天井，古人讲究"肥水"不外流，所以要"四水归堂"，修建天井还能较好地保证整座房子的通风与采光。龚氏住宅大小房间共有二十多间，通过天井采光，几乎间间都有光线。

在古屋的大厅天井后面有屏门，又称"中门"，这扇门平时不开，只有达官贵人到来时才开，有"大开中门迎贵客"的说法。

欣赏古民居，最值得一看的要算门户和窗棂上雕刻的精美木雕图案。每户民居的图案各不相同，在龚氏住宅内，梅花报春、喜鹊临门、松鹤延年、龙凤呈祥等，一幅幅栩栩如生，无不显示着江南古匠人的精巧与智慧。

裘氏宗祠的构造与布局跟龚氏住宅相差无几，最大的区别在于它有一座别致的八字牌坊式门楼。门楼分三层，上有精美的砖雕，虽然历经风雨侵蚀，但图案清晰可辨。

如今，崇仁古街成了摄影爱好者向往的地方，他们走入古街，走入古老的院落，寻找与记录着这里的一切。

与崇仁古村一江之隔，就是福建省著名的商周文化遗址——马岭遗址。正是它的发现与发掘，把福建的文明历史向前推进了一千年。

我们眼前这片杂草丛生的凹陷地，就是当年出土文物的地方。国家文物局拨出专款，由省考古队和光泽当地文物工作者一起，对这里的古墓群进行了挖掘，从这里共出土了两百多件文物，主要有石制的斧、锛、铲、镞、刀，陶制的网坠、碗、壶、鼎、盘、尊等。专家从出土的石制工具，以及青瓷尊、三足盆、云雷纹大罐等文物的形态特征分析得出结论，它们距今至少有三千五百年，属于新石器晚期的物品，有极大的考古学价值和史学价值。在这些出土物品中，有八件被专家认定为国家一级文物，现陈列在中国历史博物馆，上百件被福建博物院收藏，剩余部分现陈列于光泽县博物馆内。

马岭商周文化遗址，被省考古学家定位为大武夷文化的古摇篮、福建古文化的发源地之一。大量商周文物的出土表明，在三四千年前崇仁附近已经有土生土长的先民。他们用石镰、石斧、石刀进行着具有划时代意义的农耕生活。直到战国时期，越人进入闽北，与当地人一起，形成了闽越族。后来经过秦、汉、三国几百年的历史融合，北方的汉人带来了先进的生产技术和文化，这时，闽越族才真正融入中原文化的大一统中。

捡拾历史残留的碎片，擦拭悠久岁月的尘埃，我们不免发出怀古之幽情，因为这儿曾经是我们的先辈们休养生息的故园。

初溪土楼的秘密

胡赛标

是集庆楼七十二架楼梯层层叠叠的诱惑，还是土楼民俗珍品馆琳琅满目的妩媚，抑或是梦中那条古朴光滑的青石板道的逶迤，牵引着我一次次零距离亲吻初溪土楼群？

我一遍遍地问我自己。为什么想念初溪，想念这永定土楼中的"世外桃源"，想念这宁静得可以听见灵魂跳动的地方。时令已是深秋，空气清冽得有细腻的层次，一层层稻田铺张跌宕成凡·高笔下色彩斑斓的油画。路旁掠过，触目即是红柿果，一树树，如梦中的红柿灯流。绵延的凤尾竹摇曳出白瀑布、弯河流、大溪石，还有栩栩如生的十二生肖大石雕像……

初溪土楼的优雅，在于造型的别致，圆圆方方让洋人惊叹。初溪土楼的古朴，在于小桥流水人家的静谧，在于曲曲折折的石道。初溪土楼的雄浑，在于参差错落的建筑，在于山窠里奔泻而出的溪流喧响。初溪土楼的特色，在于它是山腰上矗起的雄放，是远离尘嚣的"桃源"，是灵魂伤痕的驿站……

当我再次走进集庆楼这座历史最悠久的圆楼时，这里成了土楼民俗珍品馆。像众多的游客一样，我在红灯笼的廊道中逡巡，在七十二架楼梯上蹀躞，一边询问一边听着导游对展出的珍品的介绍。许多介绍，我已淡忘了。但"魔发石"和"孔明碗"的传说，让我感叹不已。"魔发石"是一块圆弧形的青石，上面长满了丝丝缕缕的白绒，蓬蓬的、密密的、硬硬的、涩涩的……传说有一对青年夫妻，温柔漂亮的妻子不幸病逝了，打鱼的丈夫伤心欲绝。他将妻子常坐的一块石头搬在脚前，补网时常常黯然神伤、凄然落泪。天长日久，他眼前的石头，被感化了，浸透了渔夫的泪水与凄切的悲情，竟然慢慢长出了一根根"魔女白发"……其实，我更希望这块石头不是妻子的化身，而是丈夫的象征。古往今来，男人的眼泪怎会比女子更少呢？男人的眼泪大多不像女子稀里哗啦张扬，是往里流而已。"孔明碗"是方形的青花小碗，玲珑小巧，圆润柔和。它的故事更玄妙迷人：司马懿刺探到孔明生病了，派了两个细作来诈降。孔明一面吃饭，一面请"降者"讲述魏军情报。"降者"伺机溜回魏军后，司马懿急忙问诸葛亮吃饭怎么样，这两人报告说："看样子他并没生病，一连吃了五碗饭……"司马懿听后怅然长叹，只好坚守不出。我曾想：生病也要吓退司马懿的孔明一定活得很累很不自在，但孔明不这样，他能在恶劣的环境中存活吗？

由此，我想到了初溪土楼，想到了客家人的生存环境，想到了人常犯的自以为是的错误。有人告诉我：集庆楼建得笨拙，楼内没有小门，没有水井，甚至没有烟囱。但后来，一位老伯将壁橱搬开，令人惊讶：它有一道薄薄的暗墙门，应急时用力一捅，就可逃生。没有水井、烟囱，是因为初溪是远离尘嚣的小山村，建楼主要是防盗不防兵。既然没有匪兵来围楼攻楼，那又为何不吃楼旁的清泉水而要费尽精力挖井呢？集庆楼是鼓形楼，它的墙体收缩大，墙顶倾斜得惊人，但我们的担心又是多余的，因为这是它的绝妙技术之一。从当时的生存环境来看，集庆楼的设计是最具智慧的。初溪土楼还有多少文化没有发掘，还有多少奥妙没有破译呢？比如被誉为"人性活化石"的七十二架楼梯是怎么来的，就是一个很有意味的研究课题。我更愿意将它看成土楼人自立自强、自信自傲的人性淋漓尽致的展示：你能建楼梯，我怎么不能？据《永定县志》记载，明清时期，永定县总共出了三十二个进士，为闽西之冠，但官并不是最大的。有俗语云："永定人会读书，不会做官。"刚强正直带点自傲而不善逢迎阿谀正是土楼人的"文化基因"。

登上三百五十二级的日月观景台，坐在稻草人伞下。疲惫的心轻盈如天使。思考是美丽的，而忘却竟是幸福。我眺望对面的初溪土楼群，突然发现三圆一方的土楼造型正好构成一个大写意的"人"字，它在冥冥的苍穹之下是否在昭示：人只有拥抱绿水青山，灵魂才得安澜？

晓阳览胜

黄曙英

我们顶着炎炎夏日，踏上了晓阳胜景采风之路。山路蜿蜒，风景载道，流连于碧色峰峦，却也忘了途中的颠簸与惊险。愈近白云山麓，暑气渐消，凉风习习，清爽萦身，让人疑是回到春日韶光。

晓阳位于福安的西北部，是一市三县的交界地，四通八达，素有"高山小平原"之称。其夏季气温低于其他地方三到四度，是避暑旅游度假之胜地。晓阳村古称"樟檀坂"，有着一千多年的历史。境内遗存有建于唐末的古刹锁泉寺、省级文物保护单位太后公厅、宋代古廊桥奈何桥、谢氏宗祠、谢翱遗址纪念碑、福泉寺、广惠观、福星堂、五显大帝宫、翠林庵、外洋庵等历史文化古迹。村中以谢姓为主，历史上出了不少的谢氏英才，而最具盛名的当数谢翱。谢翱（1249—

1295），南宋爱国诗人，"福安三贤"之一，字皋羽，一字皋父，号宋累，又号晞发子，南宋咸淳间应进士举，不第。南宋德祐二年，文天祥开府延平，谢翱在元兵大举南侵时，挺身而出，献出全部家产，并招募乡兵数百人，到南剑州（今南平）投奔文天祥，被委为谘议参军。文天祥殉难后，谢翱写下了许多爱国诗篇和文章。谢翱生前著书近百卷，至今传世的仅存《登西台恸哭记》、《天地间集》、《晞发集》十卷、《晞发遗集》两卷、《晞发遗集补》一卷。

俗话说，来得早，不如赶得巧。时值农历六月初一，当地正请戏班公演神戏。当地群众信仰五显长生大帝，为答谢神灵的庇佑，每年农历六月初一与农历九月廿八要请戏班来公演。按晓阳村的习俗一般神戏要演六天六夜，特别是最后一天，要从白天一直演到翌日天亮，故有当地方言中所说的"晓阳神戏透天光"。此时，戏班已登台献艺，我们沿观前街古村文化风情带，寻着热闹的曲乐、鞭炮声走进村中心。远远望见在光与影斑驳陆离的古建筑群中，一古色古香的木构宫殿式建筑被围得水泄不通，闽腔俚语，曲韵悠扬，一股浓郁的乡土气息扑面而来，观众戏迷们亦是如痴如醉。环视太后公厅，该建筑由太后牌坊和谢氏众厅组成。牌坊面阔三间，进深三柱，重檐，上檐歇山顶，下檐悬山顶，正面有抱鼓石一对。谢氏众厅面阔五间，带左右梯道，进深四柱，中间为戏台，后面带鼓乐间，两边为观戏楼。梁架结构为穿斗式木架构，屋面为重檐悬山顶，两山加双重雨披。正面悬挂"太后公厅"匾额一面。主体建筑前方，另有一座小型宫殿式建筑，中有匾一面，书"太后"二字，下置石锣、石鼓。石鼓一面刻九圈，另一面刻五圈，意味九五之尊。据文物界朋友称，匾两端原有木雕"圣旨"，"文化大革命"中被毁。太后公厅为"二后（南宋谢道清娘娘、鸭母娘娘）陈迹"，始建于宋代端平元年，重建于明弘治八年，2005 年被公布为福建省第六批省级文物保护单位。太后公厅历经数百年保存尚好，且融入村民们的生活娱乐中，这也许就是该建筑的生命力所在吧。她见证了晓阳村古往今来的沧桑变迁，见证辞旧迎新的万千气象，像一位时间老人从容淡定地融入这一方水土，与这一方子民同生息、共命运。

晓阳境内佳境迭出，引人入胜，白云山风景区、九龙洞奇观、鲤鱼溪、黄兰溪人工湖、八仙过海，以及变幻莫测的白云山佛光群、百里云海、东海日出、冬季雪景等景观均颇负盛名。建于唐末的"福安第一寺"——锁泉寺、纪念宋理宗皇后的太后坊、广惠观等古建筑也各具特色，远近闻名。

挽清风，携晚霞，踏着旖旎的山色，我们也渐入白云山灵动的画卷，成了其中的点缀。暮野四合之际，仰头见山道攀登的人流打出的手电，闪闪烁烁，与天幕上的银星相辉映，瞬间有种错觉，竟分不清自己是上了天阶还是登了云梯，脚步似乎也飘忽了起来。更绝的当数半山腰的休憩地——冷水寺，只见围绕莲池的烟火、雾气、香岚、灯光组成的迷幻世界，让人行走其间，更感置身天街夜市。晨钟暮鼓，梵声缭耳，自己仿佛也成了得道仙人，与千峰对弈，随万物葱茏，逍遥自在，了无牵挂。而与至交好友，执手观看午时莲欲语还休、半闭半合的睡姿，又有一种宛若三生石上践约、瑶池边重会的浪漫绮念。此时此际的白云山，气温骤降，丝雨柔若无骨之花魂，拥入你怀中，平添情意的缠绵。晨三时许，天风扶摇，我们亦登上了缪仙峰顶。会临高处，阵阵沁肤蚀骨的冷，使人急着添衣加被。有的妙龄女子，青春扮靓，不识白云山气，露肩袒背而来，此刻便受了戏弄般，全身瑟瑟发抖，只能相偎取暖于露地，真是我见犹怜。翘首东望的虔诚，终呼出日辇出驾。只见浮霞似锦，紫气升腾，金轮勃发烟波，曙光乍泻峰颜，心海亦随云涛沉浮，翻腾层层悬念的波澜。蓦然，有人惊呼："佛光！佛光出现了！"刹那间，所有的视角都转向一幅奇妙的画面。只见前方天幕百米雾幔中出现一个圆桌大小含晕宝镜，周边环绕着一圈炫目的七彩光环。东方磅礴的日光，将欢呼雀跃的人影投射于那面悬浮于云海宝镜上，在红绿蓝的光圈上映出似人似佛的影像。这就是白云山巅的瞬息万变的佛光群，近半个小时内间断性呈现五次，堪称气象奇观。白云绝唱，给福安增添了不少玄妙的色彩与悠悠的传说。

　　带着正午子午莲的暗香，我们踏歌而归。望着意犹未尽的游伴们，我亦不由地叹羡自然之神对晓阳的钟情与厚爱。一方水土造化一方胜景。晓阳的胜景，不仅止于白云山巅的辉煌一刻，也不仅止于香飘四海的坦洋工夫茶，还有由此辐射开的更奇妙的风景区群体。要撩起晓阳千变万化、多彩多姿的气象丽纱，深层地感受其内在蕴藏的美，实非一日两日可领略尽的，只一个白云山就四时节气景色各异，何况还有诸多鬼斧神工、钟灵毓秀的原始生态美、自然人文美，还有山、水、石、洞以及丰富的物种、植被，即使无暇赏玩，惊鸿一瞥，也足以让你寻味一番。

　　而目前新发现的国内罕见的冰臼奇观，更是让人叹为观止，其分布范围之广、数量之多，乃国内首屈一指。该景观现与太姥山、白水洋一起，联袂申报世界地质公园。相信晓阳的神奇与美丽不仅只属于闽东抑或福建省，它将走向全国，乃至走出国门，以其独特的美折服四方宾客……

探幽访古　美在白沙

王　磊

　　白沙如银，在水一方。因沙而命名的小镇——白沙镇是一座千年古镇。白沙镇始称"云头领"，后来因为闽江冲积了大片的石英砂而得名。这里的沙颗粒粗细均匀，十分洁净，如雪似银，踏足其间有柔软细腻的感觉。

　　早在四千多年前的新石器时代，我们的先人就饮着闽江水，采食着闽江内丰富的贝类在这里繁衍生息的。1975 年，在闽江支流花云溪流域的白沙镇溪头村，发现一座新石器时代墓葬群，出土石器、骨器、玉器、贝器、陶器等，被称为"溪头遗址"。它是福建省继昙石山遗址后，又一处经过全面揭露的新石器遗址，大大丰富了昙石山文化的内涵和实物资料。

　　访古探幽，走进白沙。"温冷泉源各自流，天教赐浴雪峰陬。众生尘垢何时尽，汩汩人间几度秋。"在这座千年古镇中，有一处佳地，自宋代起就吸引了大批的名人志士慕名而来，纷纷在这里泼墨挥毫。这处佳地就是被宋朝宰相李纲称为"玉池金屋浴兰芳，千古华清第一汤"的"汤院温泉"。温泉遗址在白沙镇汤院村，地以汤泉寺院而得名。民国《闽侯县志》记载："在二十四都双髻山下，有二石池，一温一冷，名'圣汤'。"汤院始建于唐代，现有汤池两口，呈圆形，用花岗石筑砌。宋朝的僧人可遵来到这里，诗兴大发，咏诗曰："禅庭谁立石龙头，龙口汤泉沸不休。直待众生尘垢后，我方清冷混常流。"因可遵对自己所作的这首诗极为自负，到处炫耀给人看，由此引发了一些文人之间的争议，也引来了众多的文人雅士前来此地题咏、题刻。

汤院遗址温热清澈的汤泉，清洗着尘世复杂的心境，遗址两旁恒久矗立的山峦记录着古往今来所留下的足迹。当我们在千年伫守的山峦静默中，似乎还能听到一声轻叹；在缓缓流动的江水中，仍可以看当年依稀的身影……白沙，这座千年古镇究竟还有多少传世古迹和先贤遗风等待我们去观览传承？在这里，为什么我们的目光总会被历史文明绽放出的光芒所吸引？为什么我们的脚步总会被历史文明的厚重力量所牵引？

　　"桥上建屋，翼翼楚楚，无处不堪图画。"在联坑村大目溪上，有一座线条流畅、层次分明、造型古朴飘逸的廊桥，如大户人家园中休憩赏玩的亭阁，又似清幽婉转的回廊飘然屹于山涧间。它就是始建于清光绪年间的远济桥。远济桥没有桥墩，整座桥没有一钉一铆，采用的是斜撑式构架，是福州地区极其罕见并现存不多的木构古廊桥之一。远济桥是古时福州通往京都的必经之路。相传当时这里溪水湍急，往来百姓要涉水而过，十分危险，且时常有悲剧发生。当年有一位叫陈景绍的人住在这里，在他考中进士之后，回想这时时发生悲剧的涧溪就心生悲痛，决定在这里修建一座桥，以便于乡人出行。于是他经过多方筹措，并上奏朝廷说明此溪的危害，得到朝廷的支持。远济桥建成后，陈景绍在一块全板酸丝木匾上题刻："任天下事者，苟皆以建桥之心为心，则天下何远而不济哉，然则远济又岂独为建桥哉。"这笔墨酣畅、风姿潇洒的题刻深处，这位以建桥之心为心、以广济天下之事为事的风儒雅士正沿着千年古道拾级而上，缓缓向我们走来。翰墨染尘，衣袂飘香，就连桥下涓涓流淌的溪水都为之动容，被熏染得如痴如醉……

我们访古探幽的脚步也在新坡村一座古民居前驻足。这是一座建于清乾隆年间的古民居。站在古民居正面远远望去，似乎没有一般古民居的宏伟、高大，映入眼帘的是色调分明的青瓦白墙和故居前的池塘相互辉映的景象。古民居的门梁上悬挂着"江氏古厝"四个字的牌匾。古厝依照福州地区习俗，选择坐北朝南的方位和靠山面水的地理环境而建。

总是有些湿润的情怀在心间挥之不去，如同那布满阶前的青苔，在生命的过程里悄然无息。古厝中轴线由南至北顺势建有五幢房屋，每幢均有主座、前后厢房、前后回廊等组成，加上西侧边厝两座共有七幢。由南至北一座比一座高，民间取其步步高升之寓意，希冀家族生活越来越好。古厝整体规模宏大，气势恢宏，布局严谨，井然有序。

推开厚重的木门，步入厅堂，弥漫在堂前的古香古色与历经岁月沉淀下的气息，使来者的心慢慢沉静。一幅幅彩绘、灰塑、雕刻将不同工匠技艺浓缩在这里，不论是花鸟虫鱼，还是人物故事，都栩栩如生。插屏、橡头、门窗、格扇、斗拱、梁枋等精雕细刻，素净典雅，尽显中国古代雕刻艺术风采。雕刻内容有人物故事、飞禽走兽、山水花鸟、花卉图案，丰富多彩；雕刻技法有线刻、影刻、浮雕、圆雕、透雕等，极尽能工巧匠之所能。尤为难得的是，门窗和格扇中一些鱼、虾、蟹、蚌、鲎等水生物在其他古民居是罕见的。或者说，这些活灵活现的水生物以它们独特的语言，诠释着海洋文化孕育的独特风土人情。

古厝的后花园，亦为古厝的亮点。在主座与边座交叉的墙角边，辟建有一座重檐攒尖木构角亭，构筑奇巧，做工精湛。亭虽不大，仅容两三人，但雀替和梁枋等处镂雕样样俱全，雕工精致。亭旁假山方池，映衬着古亭树影，让人遐思无尽。亭旁花厅历经沧桑，已失去往日的风采，残败的墙体似乎在向人们展示着沧桑岁月留下的刻痕，散落在院内古旧的农具以及檐下废弃的燕子窝却无法掩盖这里曾经的兴旺和辉煌！新坡古厝，承载着历史记忆与时代音符，在你惊叹它包容乾坤万象的同时，也给你留下一串串思索……

走出古厝，关上久远厚重的历史文明之门，却怎么也关不掉被文明浸染的遐思。缓缓流淌的江水仍兀自向东流着，如银似雪的白沙和两岸的苍松翠竹仍执着地与之相伴。白沙，这座千年小镇在静谧夜色中凝成一幅浓墨重彩的历史画卷。

五彩缤纷　花海孔源

丁　小

　　这是一座古老的南方小村庄，它有一个美丽的名字，叫"孔源"。村庄居群山之间，绿水之滨，落英缤纷，四季常青。那条悠长蜿蜒的乡间小径曾行走过荷锄归来的农夫、骑牛吹笛的牧童，还有池塘浣衣的农妇。

　　从什么时候起，这片山清水秀、田肥地阔的土地上就有了人烟无从追寻，但我们知道，当人们最终选择在这里开疆辟土、重建家园，是希望在这里可以过上富足的生活，成为他们心目中的那个世外桃源，因此便将这里名为"孔源"。

　　孔源村的人们世代以耕种为生。他们勇敢善良，在这片土地上披荆斩棘、挥洒汗水，靠自己勤劳的双手终于将自己的家园营造出"土地平旷，屋舍俨然；阡陌交通，鸡犬相闻"自给自足的桃源景象。

　　时光流转，岁月飞逝。当平静如流水般的农耕生活一成不变的持续百载的光阴之后，落后和闭塞也成为阻碍生产力发展的重要因素，和飞快律动的城市节奏相比显然已跟不上时代的步伐了。穷则思变，变则通，通则达，孔源人民深谙其意。如今，孔源村从一个落后闭塞的小山村逐步进入世人的视野，成为福州市后花园中的一道靓丽的风景线。

　　"如果今生注定了只能做配角，那么我必将用自己的微光衬托出别人的万丈光芒。"孔源村的满天星花像情人双眸中饱含的脉脉柔情，无声地呢喃；又似朗朗夜空璀璨的星光，含蓄地狂热。一颗颗、一粒粒、一片片、一簇簇的，莫名地牵扯着城里城外的少男少女的心思，听着花语，看着花开，就在这里，在满天星花下，和心仪的人相约朝暮。

　　"十日樱花作意开，绕花岂惜日千回？"花期不负，应季而开。樱花，一直被人们意为"情花"，孔源村因了樱花而浪漫，因了樱花而多情。小小的村庄就像被抹上了淡淡的胭脂。淡妆素颜，有一种不敢令人逼视的风情和美丽。一如情僧苏曼珠和日本少女若子一般，为结一段尘缘，为了赶赴这场嫣然丰盛的花事，不惜跋山涉水，一往情深而来。不管是美梦成真，亦或是梦醒心碎，那一缕孱弱的幽香，都会把缱绻的柔情，写在落满桃红的相思花笺上。

还有，你看那枝头毫无遮掩绽放的菜花，金灿灿、黄油油，不必担心时光的短暂，只将生命交付给乡间朴素的春光，再看那斗艳的桃花、热情奔放的玫瑰花……

"古有世外桃源，今有花海孔源。"很多来到这里的人们常发出这样的感叹。如今，当我们漫步在孔源村的田野上，如春的暖意，就如古老机杼上织出的丝线，随着东风一点点拉长，当和煦的微风拂过、柔和的阳光倾洒，徜徉在这姹紫嫣红的花海，你会忘记所有的俗世烦忧，不问今夕何夕，染一袭花香，享一段静美时光。

青口先贤林白水

施晓宇

通常，福州市闽侯县青口镇以 1995 年创办海峡两岸最大的汽车合资项目——"东南汽车城"而闻名。

其实，青口镇更早以拥有中国新闻民主先驱林白水先生而著称。

林白水（1874—1926），原名林獬，又名万里，字少泉，号宣樊，1874 年 1 月 17 日出生于福州市闽侯县青口镇青圃村，父亲林剑泉，母亲黄玉芝。1926 年 8 月 6 日殉难前，林白水就是以"万里"署名写下托孤遗嘱的：

> 我绝命在顷刻，家中事一时无从说起，只好听之！爱女好好读书，以后择婿，须格外慎重；可电知陆儿回家照应。小林、宝玉和气过日。所有难决之事，请莪孙、淮生、律阁、秋岳诸友帮忙。我生平不做亏心事，

天应佑我家人也。

万里绝笔

丙寅八月七日夜四时

林白水先生临终前落款的日期有误，应为1926 年 8 月 6 日，而非 8 月 7 日。对一个突遭逮捕，次日枪决，又时在半夜三更发生的暴行，蒙受冤屈的当事人记忆失误完全在情理之中。而在生命的最后一刻，林白水最放心不下的是十四岁的女儿林慰君。"爱女好好读书，以后择婿，须格外慎重……"作为一个父亲，作为即将奔赴刑场的堂堂硬汉，林白水的护犊之心、爱女之情，令人钦佩，更令人长叹！父亲罹难的噩耗传来，少女林慰君伤心欲绝，一度吞下铅粉自尽，幸好及时获救脱险。1969 年，林慰君所写《林白水传》（传记文学出版社 1969 年 11 月出版）在台北问世。谈到父亲的惨死，林慰君仍然悲痛不已，在书中写下这样的文字替父告白："人家都说先父是慷慨就义，丝毫不在乎。但他内心的痛苦不知多么厉害！又有谁知道？"

1901 年 6 月，二十七岁的林白水担任《杭州白话报》第一任主笔，用"宣樊子"笔名积极宣传禁烟及批判中国妇女缠足。受其影响，杭州成立了全国第一个"女子放足会"。

1902年1月，林白水回福州，与表兄弟黄翼云、黄展云等创办了福建省第一所新学：福州蒙学堂，并在校内秘密组织"励志社"。

1903年夏，三十六岁的蔡元培为抗拒俄国政府觊觎中国北方领土，邀请刚到日本留学的二十九岁的林白水来上海，共同创办《俄事警闻》——后改名《警钟日报》，林白水任主编。不久，林白水又独立创办了《中国白话报》，自称"白话道人"，使用"白话道人"的笔名，影响国人用白话文写作。

1904年，清廷不顾国库虚空，为慈禧太后大肆挥霍，豪祝一生不甘寂寞的老太太的七十岁寿辰，林白水愤而写下一副对联在《警钟日报》大加讥刺："今日幸西苑，明日幸颐和，何日再幸圆明园？四百兆骨髓全枯，只剩一人何有幸？五十失琉球，六十失台海，七十又失东三省！五万里版图弥蹙，每逢万寿必无疆"！

此联一出，字字辛辣，令人拍案，传诵风靡。

1905 年 7 月，三十一岁的林白水再次东渡日本，入东京名校早稻田大学主修法政，兼修新闻，成为"中国留学外国学新闻学的第一人"。此间林白水与宋教仁、孙中山、黄兴等结识，意趣相投。林白水在中国率先主张：新闻记者应该说人话，不说鬼话；应该说真话，不说假话！

这个主张在今天仍然具有现实意义。傅国涌在 2004 年第 4 期《文史精华》发表《一代报人林白水之死》，就林白水这句掷地有声的名言专门加以肯定。

1911 年"辛亥革命"后，林白水有一阵子进入官场，成其一生绝无仅有的一段"出仕"经历。

1913 年春，林白水受邀以众议院议员的显赫身份进京，入袁世凯的总统府担任秘书，兼直隶省督军署秘书长。其间"护国运动"正轰轰烈烈开展，起因是民国大总统袁世凯冒天下之大不韪，在 1915 年 12 月 12 日于北京宣布接受帝制，遭到南方将领唐继尧、蔡锷、李烈钧等强烈反对。三人出兵讨袁，南方其他各省亦纷纷宣布独立。袁世凯迫于内外压力，只得宣布取消帝制，并于1916年6月6日遽然病逝，时年五十七岁。林白水对袁世凯开历史倒车极度失望，退出政界，仍专心致力于自己擅长且心爱的老本行——办报。

1916年9月1日，林白水在北京与友人合办《公言报》，出任主笔，从此开始使用"白水"笔名写文章、社论，坚持敢于讲真话、揭露真相的一贯风格。林白水认为，报馆要替百姓说话，不去献媚军阀。

1917年春，林白水在《公言报》首先揭发政客陈锦涛贿赂议员拉选票的丑闻，导致陈锦涛因此入狱。接着林白水又独家披露原交通总长许世英贪赃舞弊的丑闻，最终导致许世英畏罪辞职，并入看守所。

1917年5月7日，林白水在《公言报》发表文章《隽人不隽矣》，调侃道："许世英一入看守所便哭，交部属员入所慰问，许见之又哭。

及释放回家，两脚跨进大门，更号啕大哭……隽人到底不隽矣，可惜！"

1918 年 2 月 6 日，林白水在《公言报》又发时评《喜怒哀乐》，讥讽陈锦涛被特赦出狱："帝制党人梁士诒等三人特赦矣，而身受赃案之陈锦涛亦特赦，于是梁、陈等相见握手，各道契阔，喜可知也。"

对于舆论监督，致使贪官污吏接连丢官入狱，林白水十分振奋："《公言报》出版一年内颠覆三阁员，举发二赃案，一时有刽子手之称，可谓甚矣。"

1919 年初，林白水在北京自办《平和日刊》，"常常率先透露北方政府的消息"。

1921 年春，林白水在北京又创办《新社会报》，首任社长，仍以"白水"为笔名，"树改造报业之风声，做革新社会之前马"，且每日笔不停挥，亲撰社论，对时局及当权人物不断发出特立独行的议论。

林白水是在四十岁后使用"白水"为笔名发表社论、通讯及各种文章的。林白水使用过的笔

名还有"宣樊子""突飞子""持后""白话道
人""宣樊""秋水""扣子""独行""昭昭"
"发墨""微波""袖手""退室学者"等二十一
个。林白水曾解释使用最多的"白水"笔名的由
来，说自己的家乡有座白水山："吾乡青圃白水
山是吾他日魂魄之所依也。"而自己名万里，字
少泉，"泉"字拆开来，身首异处即为"白水"。
以此表明作为一个坚持"说人话，不说鬼话"的
新闻人，早已将个人生死置之度外的决心——
"愿以身殉所办之报"。不承想，先生的一句生前
寄望，最终竟是一语成谶。

1926 年 8 月 5 日，林白水在自办的《社会日
报》以"白水"笔名刊登了《官僚之运气》一
文，揭露军阀张宗昌及智囊潘复二人狼狈为奸的
丑行："狗有狗运，猪有猪运，督办亦有督办运，
苟运气未到，不怕你有大来头，终难如愿也。某
君者，人皆号之为某军阀之'肾囊'，因其终日
系在某军阀之胯下，亦步亦趋，不离晷刻，有类
于肾囊之累赘，终日悬于腰间也。此君热心做
官，热心刮地皮……"

这种让老百姓大快人心的文章，自然招致张宗昌及潘复的恼羞成怒。当晚，林白水在报馆被京畿宪兵司令王琦奉张宗昌之命逮捕，次日凌晨即被杀害于北京天桥，头尾不过一天。殉难时林白水年仅五十二岁，有《林白水先生遗集》传世。

北伐成功后，由国民政府主席林森等资助，林白水遗骨扶柩回福州市闽侯县青口镇安葬。

1985年7月30日，国家民政部追认林白水为烈士。

1986年8月6日，林白水殉难六十周年纪念日这一天，林白水爱女——美国国防大学教授林慰君捐资、当地政府出资在烈士故乡青口镇建成林白水墓园。墓园包括坟墓、纪念堂、纪念碑、少谷亭、宗素亭等，于1985年5月开工，1986年8月建成。纪念碑正面刻"报界先驱林白水烈士纪念碑"，背面刻"正气长存"，为台湾著名书法家匡时所书。纪念堂为仿古单层建筑。墓坟长方形，墓碑镌刻"闽侯林白水之墓"，为蔡元培所书。

2006 年 8 月 6 日，纪念林白水先生就义八十周年大会在福州大会堂召开。

2016 年 8 月 6 日，纪念林白水先生就义九十周年座谈会暨《林白水文选》首发式在福州举行。

晌午的印象

陈浩志

记忆中夏日的晌午。日头悬在中天灼灼地红，屋檐下趴着的狗吐出长长的舌头。忙了半晌的农人懒懒地躺在榕树荫里，身下是大溪石铺成的地面，袒着的胸露着的背贴着凉凉滑滑的石头。乞不得风来，他们不断变换身向，抛出一片片汗湿的石面。没人说话，全都昏昏地似睡非睡，偶尔也有人坐起来捏上一袋旱烟默默地吸，用斗笠有一下没一下地扇，或者提起身边的苎麻衣擦去汗粘在皮肤上的几点沙土。这苎麻衣遮阳透风，是夏日农人必不可少的。

夏日的女人不歇晌，她们都在捻苎麻线。苎麻由男人砍回来剥去麻骨，浸泡在水中，两天后女人捞起来，用半弧形的钢刀夹上一块木板慢慢地刮去皮，然后用尖长的指甲掰出一条条头发细的麻丝。晌午，女人便在凳头挂上一摞麻丝，脚边放一个小簸箩，手指灵巧地动，捻出连续不断的也细如发丝的麻线，一圈圈盘进簸箩里。夏日村庄的晌午，风不吹、人不动、狗不叫，似乎只有这绵绵的麻线表示着时间的流动。

孩子这时候也都睡了。大的孩子被女人哄睡在身边的竹床上，小的孩子含着女人葡萄红的乳头，横躺在膝盖上。大孩子醒了，干号几声，女人便塞给他一块光饼或者麦芽糖。过了嘴瘾的孩子看腻了女人捻线，便去逗蚂蚁。拍上几只苍蝇，放到墙角边，唱着："蚁公蚁婆婆，上厝宰鸡母，下厝老猪嚎。猪嚎猪不刺，鹅嘈鹅不动，三头鸡母排排行。排到哪，排到本家大祠堂。早点来，肉给你剁。晚点来，骨都没。"唱着唱着，便见几只探路的蚂蚁小心翼翼地赶来，嗅了嗅苍蝇又匆匆地往回走。孩子的声音更大了，激动地把脸俯到地面上，看那只蚂蚁回家通知蚁王。不要很久便有成群的蚂蚁从墙角的缝隙中出来，很有秩序地围向苍蝇，有的拖，有的推。孩子这时候不唱了，只是不断地用草茎或者小石子拦在蚂蚁行进的道路上，延长它们回家的路途，延长快乐的时间。

歇过晌的村庄有了生气。狗跳出墙根，跟着女人跑；柳条动了，小草也开始招摇。给男人送点心的女人，在村道上走得不快不慢，她们都穿花布短裤、无袖薄布衣，袒露的手臂和大腿都白得闪眼，年轻的常会弯腰掐下一朵野花往头上插，年长的往往蹲下身拔一把兔草打去土放进篮子里。男人全都坐了起来，风从溪面吹来，携着潮潮的水汽，汗湿的身子干爽了，心却痒痒的，等待着女人的到来。抽口旱烟，话从痒痒的胸口跳出来，荤的素的，隐私的公开的，都像风一样无所顾忌。女人走来了，话也更多了。也许有一个谁家刚娶来的俏媳妇，玩笑话便如水一样往这年轻的一对身上泼。小后生听惯了粗俗的话脸皮厚，新嫁进村的媳妇便羞得满脸涨红，像路边的花，也就更显得漂亮了。年长的女人便骂男人没正经，男人反而开心得哈哈大笑，女人也笑。笑声惊起榕树上的鸟雀，在浓密的树冠间扑腾，于是榕树籽便如雨点般落下，铺红了地面。跟母亲来的孩子兴奋地拉开衣服口袋，忙碌地拣着，一边往嘴里填一边往口袋装。小狗也趁机撒起欢，绕着树干跑，往人缝里窜。榕树下充满甜美的欢乐。喝过粥的男人穿上苎麻衣带着欢乐走向田间，女人也提着一篮子的欢乐悠悠地回家去。

榕树便寂寞了。或许榕树并不寂寞，它也在企盼又一个炎热却悠然的晌午。

让连家船铭记历史

唐　颐

　　连家船作为一种千百年存在的生活方式已经销声匿迹。

　　现今，福安市下岐村的村史展览室里安放着一条 20 世纪 60 年代制作的连家船，长七米，宽两米，木质船体，竹棚为顶，斑驳沧桑。

　　走出展室，来到下岐村"渔民广场"，广场之中矗立着一座长廊，古香古色，简约气派。长廊的造型来自连家船的创意。

　　一小一大、一实一虚的连家船，眺望着面前波光粼粼的大海，记忆的闸门打开了，犹如潮起潮落。

一

　　"一条破船挂破网，祖孙三代共一船。捕来鱼虾换糠菜，上漏下漏度时光。"

2020 年 5 月，我参加宁德市文联组织的采风活动，来到下岐村。下岐村党支部书记郑月娥是连家船渔民的女儿，她站在渔民广场上为大家朗读这首诗。

这是一首生活在闽东沿海一带连家船民的歌谣。

连家船民，旧称"疍民"。《辞海》注释："疍民。它是中国沿海一个很特殊的族群，主要分布在两广和福建东南沿海一带。'疍民'称谓始于汉朝，'疍'通假字'蛋'，因其船只首尾尖高，船身平阔，其形似蛋，故称'蛋船'。疍民生活习俗的最大特点就是'浮家江海''以舟为居'，长期过着水上的'游牧'生活，又称为'水上吉卜赛人'"。

闽东地区疍民主要靠讨小海捕捞海鲜为生，陆地与之无缘，真正"上无片瓦，下无寸土"，一家人甚至几代人挤在一条渔船上讨生活，一条小船就是他们拥有的一切。逼匝的生活空间与漂泊的工作环境，使许多老渔民双腿内弯，成为典型罗圈腿，并伴有风湿病、关节炎等疾病。他们生活条件异常艰苦，中华人民共和国成立前更是身份卑微，被视为"贱民"，因此还有一个充满歧视的别称"曲蹄"，社会上流传着"曲蹄爬上山，打死不见官"的说法。

郑月娥回忆起小时候生活："一大家子挤在小小渔船上，晚上总是伴着爷爷的鼾声入睡。遇上台风降临，爷爷就是总舵手，指挥爸爸和叔叔把船停靠在可以躲避风浪的港湾，自己则躲在船舱里瑟瑟发抖，祈求风浪别再把锅碗瓢盆打破，明天可以点火煮饭。最美好的夜晚是躺在船头甲板上，听爷爷讲'天上一颗星，地下一个人'的故事，明白了只有做一个正直、勇敢、聪明的人，死后才能成为一颗亮闪闪的星星，找到天空的位置。最向往的事情，就是坐在船头，远望岸上的孩子穿着新衣服，背着书包去上学。"

直到80年代，贫困群体仍是连家船渔民的代名词。闽东一位著名记者曾于1984年拍了一张照片：一条连家船上，一个父亲摇着桨，船头上站着四个孩子，三男一女，五六岁至十二三岁，皆赤脚短裤，上衣又破又脏，木然的眼光望着镜头。那衣服，用"衣衫褴褛"形容固然贴切，但有人惊叹：孩子们就像用"海带"当衣服。从此，"海带衣服连家船"成了经典之照。照片命题为《海上漂泊，祈盼脱贫》。

更有意义的是，这位老记者跟踪这一家子四十余年，每十年拍一张照片，记述了这位父亲名叫林阿柱的一家人生活嬗变：1998 年命题《造福工程，上岸定居》，2008 年命题《发展养殖，脱贫增收》，2018 年命题《人兴家旺，幸福生活》。

二

1998 年是下岐村连家船民刻骨铭心的年份。这一年，他们拥有了真正属于自己的陆地上的村庄，让连家船作为千百年来的一种生活方式开始消失。

郑月娥 1996 年任村计生管理员时 17 岁。她清晰记得船民上岸定居的那个夜晚：家家户户灯火明亮，通宵达旦，有人"抱怨"席梦思太软，不如睡船舱硬木板习惯，从前是摇摇晃晃不晕船，今晚却踏踏实实地"晕床"。其实，许多人是住上了梦寐以求的砖瓦房，风雨无忧，有水有电，抚摸时尚家具，尝试新鲜电器，兴奋得睡不着觉。

1997年，福建省决定对连家船民实施搬迁上岸的"造福工程"。宁德市实施统一征地、统一规划、统一建房、统一解决"三通一平"、统一安置的形式，每户安排建房面积四十平方米，每人补助一千三百元。从此诞生了下岐渔民新村。那一年，新村共建三百三十九栋房屋，五百一十一户两千三百一十人上岸定居。

1998年12月，时任福建省委副书记的习近平到下岐村连家船调研，猫腰钻进船民在白马江边临时搭建的吊脚楼，发现里面没电没水，阴冷潮湿，全部家当就是一口铁锅和一床棉絮。他动情地说："决不能让船民再漂泊下去，决不能把贫困带进21世纪！"次日，"福建省造福工程暨连家船民上岸定居现场会"在福安市召开，充分肯定下岐村连家船民上岸工作。

到了2000年，宁德市实现全市一点九万连家船民全部上岸定居。

不久，下岐村被誉为"连家船渔民上岸第一村"。

三

2000 年 11 月，时任福建省省长的习近平同志再次来到下岐村调研，当时《人民日报》记述："习近平来到船民上岸后的红砖新居，径直走进厨房，掀开餐桌上的塑料网罩，看看他们吃剩下的东西，再拧开水龙头，清澈的自来水哗地倾注到水箱里，角落里放的是液化气罐和冰箱。他指示：'我们不仅要让连家船民搬得走、住得下，还必须进一步采取措施使他们稳得住、富起来。'"

"搬上来，住下来，富起来"成了下岐村发展的坚定目标。

习近平同志入户走访的第一户人家，另主要名叫江成财。此番采风，我见到江成财，看着眼前这位身材魁梧壮实、皮肤酱紫发亮、精气神十足的渔民汉子，很难与年逾花甲，子孙满堂的老者联系起来，不由得赞叹：劳动者最年轻。

江成财带领我们去看养蛏池。适逢收获季节，池塘旁凉棚下一堆堆新采的海蛏，渔家女们正紧张地挑选，分类，装箱，大卡车等着运往福州市场。江成财抓上几只海蛏，在水龙头下冲洗干净，放在掌中让大家观看："这海蛏已养十个月，饲料主要成分是黄豆粉，个头肥大，味道鲜美，是我们'下岐鲜'品牌，一斤可售二十多元，很受福州市场欢迎。"那海蛏足有两指宽，金黄透亮肥嘟嘟，让人看着就感觉食欲大增。

郑月娥介绍，江成财是个老党员，21世纪初就开始养殖弹涂鱼和海蛏，带领一百多户船民摆脱贫困；十多年前又组织三十多户船民，用养殖赚到的两千多万元资金，合股成立晨辉工程队，走南闯北承包打桩工程，工程队已小有名气。

下岐村原有四百亩集体海塘，前些年，郑月娥与村班子成员通过调研，决定投入两百万元进行改造升级，扩大到四百五十亩，成为高标准的养蛏塘，招租资金也从原来每亩年租七百元提升至一千五百元，仅此一项，村财年收入便达六十多万元。

我问郑月娥："你任村支部书记八年了，这些年工作的重点和难点都有哪些？"

答："习近平同志提出的九个字'搬上来，住下来，富起来'一直是我们工作的重点与难点，包括精准脱贫。"

前些年，下岐村共有贫困户九户，通过采取"结对子帮扶"，帮助办理小额贴息贷款、帮助购买捕捞渔具与养殖工具、发展龙须菜养殖、组织技能培训、提供海鲜市场摊位、介绍外出务工等针对性措施，先后于2016年与2017年脱贫。

二十多年来，下岐村因地制宜，发展海洋经济，水产养殖成为最具特色产业，大黄鱼网箱养殖、龙须菜养殖、海蛏养殖成为品牌。远洋捕捞和近海运输业也初具规模，现有捕捞渔船与运输船约三百艘，从业人员近千人。商贸、餐饮、旅店等服务业也崭露头角。村民人均纯收入1996年不足一千元，2019年突破两万元，提高了二十倍。

四

2018 年，福建省公布一批"美丽乡村"建设名单，下岐村榜上有名。下岐村当年被誉为"连家船渔民上岸第一村"时，只有整齐有序的平房。应该说选址规划者是有眼光的，新渔村与下白石镇区毗邻，靠山面海，风光如画，先天条件好，经过二十多年的发展，昔日的平房已"长"成高楼，配套基础设施不断完善，跻身"美丽乡村"，名副其实。

近些年，渔村又实施了房屋立面、坡屋顶、电网、村道改造提升，开展房前屋后环境卫生整治，设立村口村牌及村道标志，建设休闲长廊与凉亭，将原来的垃圾场改建成渔民广场，进一步挖掘提升宣传文化墙与村史室的文化内涵。

新渔村发展生机勃勃，正在申报建设三级渔港，打造集海鲜贸易与品尝为一体的"海鲜一条街"，开发渔业观光旅游项目。

慕名前来学习借鉴者与旅游观光者越来越多。2019 年 4 月 29 日，下岐村迎来一位特殊的客人前来考察扶贫工作，他是老挝人民革命党中央总书记、国家主席本扬。他走街串巷，并与当地干部群众座谈交流，印象深刻，说："这些成功实践，体现了习近平总书记精准扶贫的理念，也是中共中央造福人民的宗旨。老挝的贫困人口还很多，我们要把中国的扶贫经验和举措带回去，未来老中两国两党还将继续加强治国理政，特别是农村发展的经验交流。"

面对名声渐大的下岐村的发展之路，郑月娥感觉压力山大。她说："唯有铭记历史，才能促使我勇往向前。"

与郑月娥挥手辞别时，我忍不住回首眺望渔民广场上那艘面朝大海的连家船。心想，这位连家船渔民女儿在党关心培养下成长的过程，就是连家船渔民上岸变迁历史的一个缩影。

唯有铭记不平凡的历史，才能迎接更加辉煌的未来。

倾听春天的乐章

杨昌长

时维大雪，陌上草薨。"闽东的延安"福安柏柱洋，却暖风劲吹、生机盎然。中国传统村落、中国历史文化名村——楼下村，广袤的原野上不时有春汛阵阵、春潮滚滚、春音声声……

当地大学生贝牛农业创业研发基地，六个鸟巢式奇果佳卉大棚，宛若九天飞碟突降人间，齐刷刷码在广阔无垠的田畴上。受休闲观光生态现代农业基地的诱惑，径自步入其中一个大棚内，目之所及，是一溜溜锥型钢架渠槽中种植着水灵灵的草莓，有的已挂着红彤彤的果实，有的正开着白莹莹的花朵。这种华实并荣的草本植物，真是大自然给人类的造化啊！由是，我思绪的风筝，仿佛有了呼呼飘移的响声……

"噗噗嗡嗡嗡"，似乎有昆虫在周遭轻歌曼舞。有蜂儿在洁白的草莓花丛中忽上忽下地腾飞。这个相对密闭的大棚内，冬日居然有这么一群小精灵，唱着春天嘤嘤嗡嗡的情歌，完全错位了我对时空的认知。

"这是专用于植物传粉繁育的熊蜂，种植草莓少不了它。"基地业主小刘给我介绍昆虫界这一物种。"它个头比蜜蜂大，颜色比蜜蜂黑。"

"蜇人吗?""不蜇人，熊蜂性情可温柔哈。"儿时上山打柴草被野蜂蜇怕的我，是时才晓得，世上还有这种与人类和谐共处的昆虫。

从身处的大棚，踱步另一大棚，内里居然养着一万多盆兰花。作为一介兰痴，置身这个"国香"国里，心中惬意不言而喻。"嘶嘶嘶"，那是智能遥控喷雾洒水的声音，也是催生芝兰迎春怒放的声音! 待在这儿，我真不忍离去，也不舍离去，然时间关系，赏花虽依依，总得割断"与君离别意"……

走进贝牛农业上百亩百香果果园，在阳光的照射下，百香果的叶子、藤蔓、果实尽现赤橙黄绿青蓝紫的写意。微风吹过叶子沙沙作响，犹如贝多芬的春天奏鸣曲。热情的园主，随手摘了几枚熟果邀我品尝，盛情难却，我只好让口舌"百香"一回。这当儿，我不仅听到了春天的乐曲，还尝到了春天的美味，诚乃人生一桩快事哉！

再来到农民老李的果园里观光。一畦畦台湾番石榴绿叶婆娑，一株株脆皮金橘果实金黄，还有已采摘过的红美人橘子树，一棵棵像乐队指挥伫立在田间地头，将碧绿的枝条当作指挥棒，在指挥一首春天的大合唱。随后又来到另一位农民的花卉种植园。小叶紫檀已过了花期，丹桂、金桂仍在吐露芬芳，最是山茶花甚解人意，倾情绽放……惹得蝴蝶儿忙，蜜蜂儿也忙，扑扑闪闪，嘤嘤嗡嗡，且舞且歌把春天呼唤！

半日浮生，很难把楼下上千亩田园秀色饱览，把数十里锦绣山川逛完。管中窥豹，我已领略到，这个当年毛泽东同志为之题写《福安县楼下村发生"中农社"和"贫农社"的教训》按语的村庄，今朝已是"天翻地覆慨而慷"，这里的"中农"和"贫农"，已在奋进新时代的征程中，踏着铿锵的脚步，奏响了春天雄浑壮阔的乐章！

翠郊大厝的今昔

缪　华

一

吴应卯如果活在当下，即使进不了"福布斯"的排行榜，也一定进得了其他富豪排行榜的。

对于他的资产究竟有多少，我们无法了解，毕竟是两百多年前的古人了。但也不全是无据可查，仅看他在翠郊洋里盖的这座占地面积一万四千平方米、建筑面积五千平方米的大厝，就可以想象到他的殷富程度了。要是您对数字不敏感，就换一种直观的比较方式，那就是这座翠郊大厝比名声显赫的山西沂县的乔家大院、浙江诸暨的斯宅要大一倍。

这下，您应该有些概念了吧。

没去过乔家大院？也没有去过诸暨斯宅？那

我们就再换一种方式，换成银子，总不至于没有见过钱吧。这座大厝一共耗费了六十四万两的白银。看过《水浒传》的人都熟悉武松杀嫂的故事，其中有一个情节，就是武松替知县送礼从东京回到阳谷县，得知哥哥武大身亡的消息，心生疑窦，遂询问知情人郓哥。那郓哥也瞧了八分，便说："只是一件，我的老爹六十岁，没人养瞻。我却难相伴你们吃官司耍。"武松道："好兄弟!"便去身边取五两银子，道："郓哥，你把去与老爹做盘缠，跟我来说话。"郓哥自心里想："这五两银子，如何不盘缠得三五个月？便陪侍他吃官司也不妨。"在宋代，五两银子对一般的百姓人家来说，可以盘缠三五个月。那六十四万两呢，又能盘缠多少日子呢？而与翠郊大厝年代相近的《红楼梦》，里面写到的丫头工钱，也是一个比照。"袭人每月一两；晴雯麝月等七个大丫头，每月人各月钱一吊；佳蕙等八个小丫头，每月人各月钱五百。"

这仅仅是吴氏为四个孩子盖的最大一座房子，其他三座规模稍小些，但也不会小得太多，还有茶庄、茶店。因此，你不得不信服吴应卯的经济实力了。真要是他因为资金流动出了些困难，用这房子做抵押，那些钱庄肯定是乐颠颠地放贷给他的。

吴应卯无疑是一个商界的成功人士。

翠郊，位于福鼎市白琳镇境内，依山傍海，风和日暖。南方的兴盛是从东晋以后才开始的。由于西晋的王室争权、外族侵犯，纷争的战火致使士族和民众纷纷南逃。世外桃源的生活，自给自足的物质，加上北方先进技术的引进，使南方经济的发展得以突飞猛进。地处交通要道的翠郊，从唐朝伊始就是福建北驿道的一个驿站。从福州始，经连江，过宁德，入福鼎，然后从分水关进吴越。这条连山衔海的驿道，走过赴京赶考的秀才，走过开赴边关的将士，也走过往来贸易的商贾。沿途的人家因此而拓展了视野，把握了商机。红尘滚滚的驿道上，渐渐多了一缕翠郊白茶的清香和淡雅。

春天的风，夏天的雨，秋天的霜，冬天的雪，四季的花落花开，晨昏的日出月落，不变的是驿道上马蹄声声、芳草萋萋。奔波于驿道上的各色人，无论是走镖还是赶考或是投亲……倦了累了，就在沿途的客栈歇个脚，看围炉煮茶，听雨打芭蕉，心中自然就多了一份温暖。"鸡鸣茅店月，人迹板桥霜。"要是你住在翠郊，次日早行，必定带一些当地上好的白茶，这除了提神醒酒之外，还可睹物思情。日复一日，年复一年，越来越多的精明商人，奔着翠郊，奔着白茶来了。一个来自江苏无锡的年轻商人，从像雀舌般的纤纤嫩芽中看到了浓浓的商机，毅然决然放下手中已成气候的雨伞生意，改弦易辙，把目光投向了完全陌生的茶叶领域。他与别人不同的是，不顾生活习惯的不便，不管语言交流的障碍，铁了心在翠郊扎根，凭着吃苦的精神、顽强的耐力和对商机的敏感，一番拨弄，终于成了富甲一方的大茶商。

他，就是春秋五霸之一的吴王夫差的第一百零四代孙——吴应卯。

二

初次走进这座建于清乾隆十年的翠郊大厝，

总有进入迷宫的感觉。土生土长的导游很自豪地告诉我们，这大厝有三个三进合院、二十四个天井、六个大厅、十二个小厅和一百九十二个房间，就单体建筑而言，为江南古民居第一。

闽东有很多明清时期的民居，散落在各地，但像翠郊这么大规模的民居，还是很少见的，毕竟只有财大气粗的大款才有能力建造。在大厝飞檐翘角的门额上，有四个醒目的繁体大字"海岳钟祥"，既是大气和实力的表述，也囊括了地理和心理的特点。经过翠郊的那条古驿道，在这里形成了一个重重的感叹号！它一头连着海，一头连着山，而贯穿山海、贯穿古今的，却是茶。这座大厝的里里外外，到处是茶的故事、茶的味道，就像一把用久的紫砂壶，天长日久，即使不添新茶，也照样弥漫着一股浓浓的茶香。我们来的时候，正是春茶上市的季节，满山皆是采茶人。大厝前黄色的迎春在池塘边开放着艳丽的花朵，一池春水映出了天的蓝和山的绿，其犹如一场大戏的序幕，看似漫不经心、其实匠心独运地用亲和与温情，自然而然地把我们带进了剧情之中。

如今的翠郊大厝，已经没有了从前的鸡犬相闻，也没有了以往的童叟相嬉，在沉寂了很长的一段时间之后，它因旅游的兴旺而再度繁茂。很多人千里迢迢来到翠郊，就为了看看古人的生活环境。他们惊叹大厝的大，惊奇大厝的美，也为大厝的"憔悴"而叹息。但这种繁茂是浅表的，是人为的。夕阳西下，大厝又立即陷入了静谧的状态，风摇月影，蛙溅水声。在岁月风雨的吹打和剥蚀下，这大厝已经学会了荣辱不惊、兴衰不叹的处世态度，就像是一位饱经沧桑、洞察世事的高人。白天的热闹也从容，夜晚的冷清也从容，从容得让我们在走进这座大厝时，都自觉地放轻了声音、放慢了脚步。

这些年，在人们旅游品位提升之后，人文景观就成了一大亮点，很多古厝被开发成了旅游点。只是有的古厝人满为患，庸常的生活俗气根本无法让人将其与现实分开；有的古厝人去楼空，到处是荒芜的杂草与扑鼻的霉味，只有靠采集游人的气息来补充奄奄一息的人气了。翠郊大厝则介于两者之间，它住人，但不多，不急不躁，不吵不闹。整座大厝呈长方形，内部以三条纵向的中轴线左右对称为规则，其中设有二十四个天井。这些天井给人一种豁然开朗的感觉，也正是它与房间、走廊相结合，才组成了春秋时期的井田模样，横平竖直。我想，这"井"字的象形也有类似的意思吧。叫天井，真是恰如其分。纵横交错的走廊串联起正座和附厝。大厝的建筑材料以木为主。无论是立柱还是横梁，无论是楼梯还是隔墙，无论是门窗还是地板，木，无所不在。在岁月的磨砺中，这些木尽管褪色、尽管陈旧，但还是一如既往地撑起了整座大厝！

历史的气息在这里无所不在。对这座大厝，很多人都喜欢用"古香古色"这样的词来形容，尤其是这个"古"字。我想，这倒不是指建筑材料的原色原味，更多的应该是木材所表现出来的文化与艺术。在这座大厝里，最能表现艺术特质的当属木雕了。大厝的门雕窗雕，全部是用木刻作品装饰而成。这些作品中，有人物故事，有动物造型，有植物模样，还有文字图案，一件件栩栩如生、活灵活现。细细品味，就能感受到中国博大精深的文化在每个细节中的体现。蝙蝠寄寓着"福"，桃意喻着"寿"，鹿表示着"禄"，还有喜鹊登枝或鸳鸯戏水……造型之精美，雕法之讲究，让当今那些自命不凡的艺术家都低声下气、自叹弗如，毕竟在数以万计的木雕作品中找不出一件雷同重复的。据介绍，这是一个民间艺术家三代人十三年心血的结晶。要知道，这座大厝从奠基到完工，也正好花了十三年！

<h2 style="text-align:center">三</h2>

名人的物品无疑是能为大厝增辉的。

在这座大厝的所有题字楹联中，书者最为显赫也最为荣耀的，当数挂在三进主大厅的中柱上清代名宦宰刘墉书写的楹联了。上联为"学到会时忘粲可"，下联为"诗留别后见羊何"。此联取自宋代大诗人黄庭坚《次韵奉答存道主簿》，全诗为："主簿朝衣如败荷，高怀千尺上松萝。旅人争席方归去，秋水黏天不自多。学到会时忘粲可，诗留别后见羊何。向来四海习凿齿，碛日期君不啻过。"如果没有导游的介绍，一般人不会知道这楹联中所提到的人物。粲可，指的是达摩祖师的两个弟子：二祖慧可、三祖僧粲。羊何，说的是南朝的一对诗友：羊邛之、何长瑜。这楹联的意思是说学到融会贯通时，豁然忘了恩师；别后留诗一首，见诗如见挚友。且不论其中的寓意如何，就是对当年赫赫有名的刘墉怎么会屈尊为一座偏远的民居主人题联感兴趣。结果听到了若干个不同的版本，但我还是相信了我转述的这个版本。缘由还是因为茶。据说大学士刘墉随乾隆微服私访下江南时曾到福宁府，在吴家开的一处茶楼里与吴应卯偶遇，茶禅一味，其从茶道中品出了很浓的文化味。而吴老板也不是等闲之辈，虽说比不上学识渊博的刘罗锅，但他扬长避短，从多年经营的茶中找到让刘墉感兴趣的话题，加上白茶的清雅，令大学士赞不绝口。兴致所至，刘墉诗兴大发，借古喻今，挥毫写下这禅意深刻、友情浓郁的诗句。

这样的楹联，比起如今的官员那千篇一律的题字，不知要风雅多少倍。

　　这也不是撞大运碰来的楹联和友情。吴应卯是个商人不错，但他的骨子里却有着文人的情结，这也是他能够和刘墉结交的重要原因。他在发家之后，遵天命，承祖训，投资兴办了一文一武两所学堂，这在当时也算是一种回报社会的公益事业吧。至清末，两所学堂共培养出了二十多个太学生，贡生、监生、庠生数以百计，其中有六人当上七品官、七人当上六品官、十五人当上五品官、三人当上三品官。如今有很多的商人，对于这位先贤成功的认识，大为偏误，只一味地见风使舵傍大官而忽略了知恩图报办公益，到头来依然是竹篮打水。

　　经商的人往往比其他人精明，吴家的先人也同样具备这样的精明。他要只是个老实巴交的人，根本不可能把家业和产业做到如此之大。我们还是拿这座大厝为例吧，从立柱就可以看出他的精明所在。古人建房，最吃力的是衔扇。必须在一个时辰内，把整座房子的柱子组装、竖立、排列完整。但这可是一幢有着三百六十根柱子支撑的大厝呀，必须用三四倍于它的桁料才能衔接起来，以每根柱子四个壮丁合力计算，最少需要一千两百个壮丁。一个偏远的小村庄上哪去找这么多的人？即使全村男女老少齐上阵，恐怕也凑不齐这个数。吴老祖的精明在这时候大放异彩，他想出一条妙计：去外地请来两个戏班，连唱三天三夜大戏，观众则免费吃住。听到消息，上万人从四面八方蜂拥而至。当大家还摇头晃脑陶醉在花好月圆的戏剧情节里时，衔扇时辰将至。演出暂停，主人登台，对着观众深深做个揖，将求助之事说了个明白。善良朴实的观众自然是乐于助人，再说白吃白喝，连这举手之劳的事都不干，岂不是有悖良心。于是，一拥而上。气势恢宏的三百六十根立柱迅速站立，如陈兵列阵，好不壮观。

事毕，人们却发现了一大错误，忙乱中将二进与三进的柱子弄反了，变成二进高于三进。但这错却错出了大名堂——中脊四放、三合回笼，这格局竟与皇宫相仿。但我却以为这错也同样表现出吴老祖的精明，或许他这错还就是有意错的。在这偏远的地方，有几人知道皇宫的格局是何模样的？山高皇帝远，自己当皇帝。要是在京畿之地，他有几个脑袋，敢与天子相比？

商人的投其所好、商人的洞察世事、商人的精明能干，都在吴家得到淋漓尽致地展现，并在很长一段时间内得以发扬光大。

四

翠郊大厝还是免不了在星移斗转、风吹雨打中走向衰败。

大厝建成之后，不仅成了吴氏一家老少、用人的居所，也成了吴家制茶贩茶的工厂和仓库。多少经过加工的白茶从这大厝的大门出去，沿着门前那条通京驿道，源源南下北上。一路茶香，一路风光。

吴家的名气越来越大，吴家的声誉越来越高。但在"不患贫而患不均"的年代，富人必定遭人嫉妒与仇视，吴家也不例外。在二进的一个大厅里，当我们把目光投向那些传递着当年的价值观念与审美情趣的木刻砖雕时，导游却指着地面一个隐约"人影"说起了一个神秘的传说，让我们纷纷围拢而来。

这个传说和嫉妒有关。

在导游的比画下，我们看到了一个很大的坐像人影，几乎"坐"足了整个厅堂。长脖斜肩，丰乳肥臀，双手垂落，盘腿而坐。但在脖子中间有一道门槛，而人影的头部却在门槛的另一方。这个人影正是吴家的女主人。吴家在选中翠郊这块风水宝地之后，先后请来了远近有名的木匠和泥匠。大厝以木质结构为主，木匠先期到达，取料、放样、雕花、刻字，干得兢兢业业、认认真真。吴氏对这样尽心尽责又技艺高超的木匠很是满意，另眼看待。接着，泥匠也到场了，负责做地基及墙身等。他对吴家偏爱木匠心存芥蒂，妒火平添。在做这个中厅时，往三合土中掺入盐，照着女主人的模样做了这个"人影"。中厅是进出一进三进的必经之路，泥匠的用意是恶毒的，就是要让女主人遭千人踩万人踏，以此破了吴宅风水。春天时节，南方的地气潮润，"人影"受潮之后显而易见，一家人大为恐慌，幸亏那木匠还在吴家，便马上在"人影"的脖子处安了一道门槛，下埋桃木剑，破了泥匠的"魔法"。

这故事的背后，反映了当时贫富悬殊的社会对富家仇嫉的现实。

至于大厝为什么会从门庭若市到门可罗雀，没有人愿意说，也没有人能说清楚，但"创业难守业更难"的古训，绝对是有道理的。守业的后人尽管也是一样的勤奋、一样的精明，但回天无力，根本无法重现先祖的辉煌。"为伊消得人憔悴"，这有大环境的制约，也有小气候的影响。由于经济的起落和族群的分蘖，渐渐有人无奈地走出了这座大厝，或另辟蹊径，或改换门庭。这流传了两百多年的大厝，只能眼睁睁地看着颓圮的发生。昔日的腾达成了记忆的往事，旧时的燕子飞向了别家的屋檐。如今，这大厝只有少数后人留守着，那台木制的茶磨机也早早就成了摆设和念盼。过去，吴家专有一个丫头负责开关窗户，开完日出，关完月出。现在，倘若一个人转几间空房，恐怕就毛骨悚然了。此一时，彼一时，已不能同日而语了。

坚守，是一种需要"憔悴"的付出。殚精竭

虑，鞠躬尽瘁，顽强地期待能有朝一日光宗耀祖，这精神与行为让我们肃然起敬。在我们的国度里，其实很需要这样"憔悴"的坚守，比如文化，比如道德。

当年想住进大厝的人，一定很多，如今却很少了；当年能走进大厝的人，一定很少，现在却很多了。自从翠郊大厝成了旅游景点之后，人来人往。但大厝里的后人依旧保留着先祖的朴实勤俭和淡定从容。面对众多好奇的目光，他们只是笑笑，虽不多话但有问必答。他们心里明白，那种好奇就像候鸟，路过而已，大不了停留一个季节。而自己则是留鸟，哪怕飞得再远，也终究要回巢的。

翠郊，尽管在岁月的磨损下显得"憔悴"，但对很多被钢筋水泥包围、被功名利禄纠缠的人来说，却成了一种精神和物质上无法回避的比照和思考，也许还会有人为此而"憔悴"的。

半岭看云

白荣敏

那一天，在半岭，我又看到了云，那么美好的云，令我难忘的云，像亲人一般的云。

自打我能用眼睛看事物，云就该是最常见到的一种。我们村在山上，对面的山冈就常常挂着白云，一朵一朵，如妹妹头上的插花，百看不厌。有时是红的，在东边远远的海面上，或是西边山顶的天空上，像妈妈酿的酒，或是我们喝了酒以后的脸庞。有时黑压压一片，从山头直压下来，接着就下雨了。

小时候觉得，云真是神奇的东西，能带来雨。这时爸爸最是高兴，说这一片云飞过，田里就该有水了，稻子就会长得好了。那时，来来去去的云，该是我们村最好的朋友吧。

半岭也是一个村，挂在福建省柘荣县英山乡西南部一座千米高山的半中间，抬头见岭，低头见岭，故曰"半岭"。山的脚下是流经闽浙两省的交溪。交溪蜿蜒向海，在此处转了一个大弯，两岸崇山峻岭，峡谷中常年云气蒸腾。人在半岭，恰似走入一幅名为"远山如黛，近水含烟"的山水画里。

画里的半岭村有老屋若干、新屋几座，白墙黛瓦，依山而建，层层磊叠，错落有致。穿村而过的一条古村道像是把村子绑在山腰的绳子，两头分别连接两个方向的进村公路，一头去柘荣，一头去福安。村中的古道就成了一条街，村民们在这里交易生活用品，交流社会信息，或者什么也不做，坐在自家门前看日升日落、云卷云舒。农耕文明在这里发育了五百年，除了不能开垦的陡崖和石壁，村民们在这里种树、种稻、种茶。那些坡地上的庄稼和村后的森林，见证了村民的勤劳和智慧。

李步舒先生给我看一张照片，村后的森林里走出两位挎着茶篓的妇女，高大的树木中间缠绕着轻轻淡淡、缥缥缈缈的云彩，她们就像从云端上采茶归来。我想五百年前林氏先祖五八公选择在此地落脚，一定也是因遇到了云。在这陡峭的山间劳作，该有多辛苦、疲惫，而且寂寞……犹豫之间，一定有云朵飘来，五八公凝望着这朵云，然后做出了在此地安居的重大决定。

回想早年田间劳作，夏天里我最渴望有云，烈日当空，骄阳似火，如果有一朵云飘过，就是对身心最好的抚慰。云从头顶飘过的时候，大地立刻就温柔了起来。云是天空给大地的抚慰。

如今，因为工作常去景区，也常常遇到云。这座"中国海边最美的山"，云雾变幻是"一绝"。有时从海上赶来，潮水一般汹涌澎湃；有时从洞里逸出，神仙呵气般丝丝缕缕；更多的时候不知从哪里生出，手牵着手，嘻嘻哈哈地闹，或待着不走，与一座峰石久久缠绵。无论什么时候，在山上，只要遇到云，就会心生快意。这真是造化给予人类的馈赠。难以想象大山如果没有云，会失去多少诗意。

人与自然之间的缘分，有时候要通过一朵云来联结。五百年前的那朵云，藏着丰富的信息和神秘的隐喻。当年五八公辗转福安、柘荣等地，甚或到过近旁的浙江省泰顺县。要寻找一块能落脚，并能使自己的子孙后代安居乐业的宝地并不容易。他必须慎重选择，从长计议。"这一片云飞过，就该有水了。"凝望着这朵云，农耕经验丰富的他可能还像我爸爸一样念叨着。充沛的雨水是南方农耕文明的酵母。即便是像半岭这样挂在半山的村落，只要有雨水，就能发育成长。五百年后，半岭成为一个有九百位林氏人口聚居的村落。

五八公移居半岭在明正德乙亥年，那时候还没有密植的茶园，但后来就有了。除了果腹，他们还得发展商品经济。后世不断扩种的茶园再次证明了当年五八公选择的正确，当然就是因为此处云多。

有云的茶山出好茶。时至今日，半岭有茶园一千两百亩，均在六百米以上的云雾之中。

那个午后，又是一片云带来了一阵雨，噼噼啪啪半小时过后，整个山头被雨水洗过一遍。雨停，我们去茶山，沿着旧时连接闽浙两省的古官道攀缘而上到达山顶。站定后俯瞰村子，眼前的景象让我目瞪口呆。

只见一束阳光打在了低处的村子上，就像舞台的聚光灯，白墙黛瓦的屋子流光溢彩。更神奇的一幕随即到来，一条云之河从交溪上空的峡谷地带汹涌而来，就像黄河的壶口之水，但颜色是雪白的。它不往我们的高处来，到村庄的近旁后，只在那儿腾挪跌宕。我感觉脚下正在上演一幕独幕剧：一个仙人正在飞升，或者一条修成正果的龙准备归海。

然后云河顺着交溪大峡谷逐渐流走。我们快步绕过山头，穿过村子来到山坡的另一侧，想继续观赏余下的"海市蜃楼"，但壮观的云河已不知去向。

展示在我们面前的倒是另一种壮观。一百二十亩山坡地连片种植猕猴桃，白色钢架依六十度坡上下龙形搭建，正在生长的猕猴桃藤子还没有爬到架子上，裸露的架子在阳光下闪闪发亮。进村公路穿过猕猴桃园，路旁有一座民宿和几辆房车。在这里，我们遇到了投资人林凤兰。五年前，在外地种植猕猴桃的她，觉得还是家乡好，于是怀揣资金和技术"回归",带动村民规模经营增加收入,推动乡村旅游发展。

我们在她的民宿开阔的观景台上聊天,远处的山峦开始有轻盈的白云飘飞,就像爱乡人的心思,想聚集更多的能量以润泽乡土。

她雄心勃勃、信心满满要扩大投资,但目前遇到了一点困难,正好上门的步舒先生了解情况后主动协调、尽力帮助解决。她喊步舒先生"李部长",熟悉的村民也都这么叫。我的苍南老乡李步舒先生,四十年前跨省来到英山乡教民办,以异乡为故乡,扎根柘荣,直至任职县委常委、宣传部部长,后调任宁德市里。直到今年6月宁德市选派"乡村振兴指导员"、时任市行政服务中心主任的他主动请缨来到第二故乡,进驻了半岭村。他年届花甲却似当年正值弱冠时激情澎湃,利用各层级资源优势支持村里发展,探索实践欲使半岭实现真正意义上的"乡村振兴"。

我想,他多么像半岭村的一朵云,能带来雨水的云。云来自大地,但成就于天空,又回报于大地。云懂得感恩,这朵云的名字叫"乡贤"。

"山中何所有，岭上多白云。"来到这个仰望见云、俯视见云的半岭，脑子里会不由自主地蹦出南朝隐士陶弘景的诗句。是的，山中没有利禄荣华，只有轻盈自在的白云，陶弘景以此来喻指自己超尘出世的生活境界。但我以为，自我完善的高洁是一种高洁，润物无声的高洁是另外一种更高境界的高洁。如此说来，白云的心思陶弘景只说对了一半。

说到这里，突然感觉五百年前林氏先人把这个挂在半岭的居处唤作"半岭"时，就已经埋下了伏笔。那就是，自身五百年辛勤耕耘、繁衍生息只走了发展历程的一半，而另外一半，则要依靠另外一些人和接下去的时间……

也突然发觉，整个半岭恰似五百年前的那朵云，藏着丰富的信息和神秘的隐喻。

白云在眼前飘飞，白云不语。

走进廉村

陈曼山

最初吸引我走进廉村的是那位"文破八闽之荒"的"开闽第一进士"薛令之。

当年载着薛令之的小船从村口的码头缓缓驶向他的仕途时，他身后的这个村庄还唤作"石矶津"。唐神龙二年，薛令之北上长安应试及第，官至左补阙、太子侍讲。当时宰相李林甫弄权，东宫受冷遇，薛令之有感于此，题诗自嘲，却触怒唐玄宗，因此托病辞归。而后唐玄宗听闻其家贫，令当时的长溪县每年拨给其赋粮，但薛令之也只是酌量领取，从不多拿。后来他的学生唐肃宗李亨即位，感其旧德，念其清廉，下旨召他入朝，可此时薛令之已然去世。唐肃宗嘉叹之余，敕封他所居之村为"廉村"，所傍之水为"廉水"。自古皇帝赐名应是不少，但赐一村以"廉"名，实属罕见。

今天我们走近廉村，走进始建于明正德八年为纪念薛令之而建的明月祠，还能读到薛令之当年勤苦用功的情形——"草堂栖在灵山谷，勤苦诗书向灯烛。柴门半掩寂无人，惟有白云相伴宿。""男儿立志需稽古，莫厌灯前读书苦。自古公侯未遇时，萧条长闭山中户。"优美的环境孕育了他高雅的志趣，寂静的草堂涌动着诗人欲步青云的豪情。"托荫生枫宸，曾惊破胆人。头昂朝圣主，心正效忠臣。节义归城下，奸雄遁海滨。纶言为草芥，臣为国家珍。"此为人臣之后的八句，又让我们看到了薛令之那颗忠君为国的拳拳之心。如今，明月祠门前广场上矗立着的那块大石上刻着的"廉"字，正向着熙来攘往的游人们，平静地叙述着薛令之的故事，也叙述着千百年来历史对廉村的赞誉。

自薛令之始，廉村文风大炽。唐末，太邱陈姓从河南归德迁居入闽。后唐时，其子孙从连江迁居廉村。此后，陈姓子孙繁衍，蔚成一方大族。从宋大观三年至宋宝祐六年，当地连续出现十七位进士，平均每十年就有一人进士及第。宋代，廉村考中进士者，占了全县的五分之一。尤其值得一提的是陈雄一门五进士、父子兄弟俱登金榜，这在整个历史中也是极其少见的。如今，走进清代于原址上重建的"五进士"宅邸，我们仍能感受到其浓浓的传统文儒之风。从外大门的灰塑额匾"就日瞻云"，到内大门的额匾"古处是敦"，再到其对面照壁栋檐下的灰塑横匾"倬汉章天"，字字珠玑，意味隽永。厅堂立柱与大门廊柱亦皆悬挂楹联，太师壁两侧进宫柱上悬挂的一副楹联"父言慈子言孝职分当尽，书可读田可耕世业攸存"更是传统伦理和耕读文化的集中体现。

连接起错落有致的古宅的，是一条条宋代风格的古官道。官道由一条或三条修光的条石铺就，在条石之间铺满鹅卵石。由三条条石铺就的称作"太傅道"，一条条石铺就的唤作"官禄道"。铺就的鹅卵石，或呈八卦形，或呈麦穗状，寓意自然为风调雨顺、五谷丰登。今天，当我们的足音敲响在这纵横交错的古官道上时，我只觉耳畔又回响起了历史的回音。这回音里，有薛令之们抑扬顿挫的读书声，有进士们回乡时乡邻们夹道而迎的欢呼声，还有萦绕在每一个村民心中的关于爱国、关于廉洁的代代相传的教诲声。

先辈的教诲于廉村，无处不在。修建于明嘉靖三十八年的廉村古城堡，在发挥它抗击倭寇和防洪功用的同时，仍不忘教化。该年十一月十八日、二十日，倭寇两次劫掠廉村，为确保村民安宁，该村集体合议筑土堡以抵御倭寇。环村而筑的古堡城墙略呈椭圆形，周长一千两百五十八米（现存八百五十米），城厚三米六，高度四米四。城墙靠河岸立有一石碑，上刻"癸水"二字，相传为朱熹所书。癸水，漓江的别称。宋范成大《桂海虞衡志·杂志》有云："癸水，桂林有古记，父老传诵之，略曰：'癸水绕车城，永不见刀兵。'癸水，漓江也。"不论此说是否讹传，都寄托着廉村人期盼远离战乱、平安生活的美好愿望，也寄托着廉村人崇尚文化，崇尚文儒教化的风气。古城堡原有八座门，分别名曰"仁""义""礼""智""信""忠""孝""廉"。此八字之教化功用不言而喻，而"廉门"又正对着廉村的古码头。无疑，这正是为了告诫从这里走出去的廉村士子们，不忘清正廉洁，不忘祖先遗训。

由块石叠砌而成的古码头斜斜探入水中，仿佛廉村连接世界的时光通道。清清的廉水静静地流淌，仿佛所有的历史都与她无关。也是，荣耀也好，沉寂也罢，廉水始终保持着她应有的姿态，从过去流来，向未来流去。波澜不惊，从容不迫。

2 月的廉村，已充满春的气息，召唤着我又一次踏上了这块已是无比熟悉的土地。沿着长长的古城墙脚，我缓步走着，抚摸着几百年前已砌入墙体的河卵石，想象着一千多年前城墙里的男耕女织和袅袅炊烟。我的眼前又一次出现了薛令之背着行囊乘舟离去的身影，我的耳畔又一次响起了灵谷草堂里的朗朗书声。坐在廉水岸边熟悉的古码头客栈的茶座里，我要了一壶茶。我把目光投向远处，我看到与古城墙一水之隔的对岸，油菜花已是星星点点地开放，三三两两的游人举着相机、手机拍着，似是急不可耐。我知道，他们是想着拍下这春天的景致，想着在他们的朋友圈里秀出廉村的美丽。是啊，拿这道长长的古城墙为背景，这样晒出的照片一定会收获更多朋友的点赞吧。

老房子

狄　民

通常，都是在天气晴好的日子，和一群朋友走进疏疏落落的村庄，走进各式各样的老房子。

村庄不大，但周遭山清水秀、林木蓊郁，和风吹来，胸膛里便洋溢着泥土和植被的温馨，和老房子的阴冷凋敝相反，阳光明媚，心情也很灿烂。

老房子都代表着小村庄一页值得矜耀的历史。几百年的风雨沧桑，早已不复当年的辉煌，但沿着鹅卵石或青石板铺设的弯弯曲曲的小巷，推开那两扇漆痕斑驳、高大却残旧的木门，抬腿迈过高高的门槛时，一种异样的情绪总会油然而生。

这些老房子的原主人，有些是小地主，有些是经销茶叶、烟叶的小商贾。但也有不少大户人家的第一代主人，原本也都贫寒，十载苦读，一举成名，宦海沉浮数十年，终究忘不了儿时的青山绿水。倦鸟归林，于是在山水林泉之间，便星星点点多了一些当年的大房子、今天的老房子。

受中原和江浙建筑艺术的影响，家乡的老房子既有四合院的古朴稳重，又有江南民居的雅致灵秀。大些的老房子则由几个甚至十几个四合院环环相套，院落之间有构思巧妙的廊庑相连，在这多雨的南国，这种设计既实用又美观。老房子一般都有宽敞的前厅，有很粗的木头柱子和雕花的梁，它几乎就是家族荣耀的象征。那一天，站在厅前，手指慢慢地抚触岁月留在柱子上那一道道深深浅浅的刻痕，努力想象着当年的情景，却总觉得像是一出古装折子戏，华丽，然而虚幻。

后院是生活区，昏暗的厨房，洗尽铅华的水井，鹅卵石铺就的天井，以及石缝中丛生的小草，一个个意味深长地守护着各自的秘密。

老辈人的房子多有两层。老主人在家庭中地位显赫且腿脚不便，就住在大厅两侧的主卧室里。年轻人的卧室在楼上，踏着嘎叽作响的木梯小心地走上去。走到房门口，轻轻一推，咿呀一声，门开了，一股混杂着干草和霉味的气息扑面而来。房里黑黝黝的，影影绰绰可见到几件老式家具的影子，有床架、桌，意外地，居然还有一个形状古怪的梳妆台。或许，这就是当年的绣楼，一个小姑娘在这里悄悄地长大。因了山水灵气的滋润，她娇小的身影如同雨过天晴时的一片嫩绿的竹叶，只有那面传了几辈子的铜镜才蒙蒙眬眬地懂得一些少女心事。后来，我不敢再往后来想象，在那个年代，一个读了一些诗词杂书，因而多愁善感的小女子，其婚姻往往都是不幸的。"冷雨幽窗不可听，挑灯闲看《牡丹亭》。人间亦有痴于我，岂独伤心是小青。"几丝凉风吹过，耳边幽幽响起若有若无的清吟。

　　沿回廊慢慢地走，松木楼板轻轻地响，几缕阳光透过瓦檐的缝隙，银线般射下来，烟尘摇舞，给这个本来就充满神秘色彩的地方又增添了几分迷离诡异。不由得停下脚步，前面更深暗处，隐隐约约传来一些似乎是交头接耳的声音，是我的冒昧闯入打扰了谁的酣梦吗？《聊斋》里那些狐仙女鬼的香艳故事让我进退两难。踟蹰再三，我还是悄然而退。

老房子给人的感觉不是三言两语可以讲清的。时间像山涧里的流泉，很有耐心地把几乎所有的故事都冲刷得干干净净，今天我们所听到的，大多数都是今人的再创造，听来津津有味却又难免心中生疑。

下楼时，又经过那扇被我推开了一半的门，忍不住回头再看了一眼，黑眼睛般默然瞪着我，打消了我大半的好奇心。是啊，再不会有人知道那扇门后究竟都发生过些什么，况且，我也不想让这个悠闲的周末渗入过多的伤感和惆怅。

在院落里随意地走，看看云天，看看周遭的房子，总觉得有些缺失，是什么呢？茫然地面对残墙外一棵探头探脑的小树，突然，几声清脆的鸟鸣让我恍然大悟。对了，是声音！老房子太静了，没有婴儿的啼哭，没有孩子们相互追逐时的欢笑，没有老人的咳嗽和女人的唠叨，更没有汉子们打雷般的喝骂。老房子就像一眼废弃的老井，红红火火地活过了，实实在在地经历过了，而后心平气和地等待或早或迟的干涸。

　　人生何尝不是如此，很多结局并非你的选择，也不合你的心意，但你还是只能接受它们的到来，并承担让人沮丧甚至愤怒的后果。倘若你坚强而又豁达，这一切都会过去，或许还会成为你的精神财富，那一年登黄山，面对一株被雷电劈去大半个身躯依然葱茏的古松，面对那份坦然，心中的收获绝不仅仅是震惊和猎奇的快乐。

　　友人一声招呼，把我的思绪从梦境中拉回，是离去的时候了。

　　小村里的老老少少平静地看我们来，平静地看我们去，平静地继续享受他们透着温馨的悠闲。在村头一处高台上驻足回望，老房子的那一大块青黑瓦顶，浸浴在金黄色的斜晖里，那份安详，却让我心中好一阵摇荡。

因为懂得

谭雪芳

一

几缕淡云，浮浮地飞过月亮身畔，像中断，却又逶迤。末了想掩饰月色，苦无良策，月亮还是透射出来。人寰处处有云月，总是纷纭维难解。罢了，还是和可爱的恒恒去月下听蟋蟀的叫声吧。

恒恒才九岁，眉目透逸，脑中总有流泻不住的奇思妙想——"你踩在黑黑的地方好吗?"他拉紧我的袖子。

月下草坪，是年久褪色的水墨画，月光照得到的地方莹莹闪闪，叫作灰色，而黑黑的地方却不知何物。对于不可知的东西，人总是有怯意，而踩在草上总是踏实的。

"为什么?"成人式的居高临下。

"这样就不会踩到草的身上了。"

草儿轻柔，是不堪人类重负的，但只有恒恒这样天然的孩子，心意澄明，才会懂得草的疼痛。

我噤声不语。

二

一个月前清扔下手头的所有事情，陪我回上海看病。

早上六点量体温，七点便有小推车"哐——哐——"从医院的走廊那头送来病号饭，接着打针、吃药、作病情订床记录，只在午饭时间允许"放风"。"逃出去"成了我每日最高呼声。

杏花烟雨，"放风"的时候清撑一把伞把我带到街上，几百块钱一双的鞋子快乐地在方格的人行道上点击。

淡烟浓雨中，巷口的一座茶坊隐约而立。两扇大门，中间四扇看街格子眼，当中挂顶细密的粉红帘子，四周排十二把椅子，红白格子布——上海人最善于用格子营造情调了。于是，毫不犹豫进去了。

江南碧螺春。细细的茶叶在水的温暖中舒展开身子，一旗一枪，浮沉不稳，窗外行人往来不绝。真好，这样的大雨，可以心安理得地坐到茶淡意倦。清笑，又看我，眼睛如一张深网撒向我。他终于有空这样静静地坐在对面，在茶香中只看我。

才发现对面这个女人竟不是那个在他应酬时呼他回家，睡前逼他洗脚，看到漂亮衣服就不肯挪脚的俗气女人。结婚后第一次发现在这江南雨背景下的小女人竟是如此活泼泼的。

你这丫头。我笑。

我知道是这江南的雨成全了我这一瞬间。天下之大，肯这样用心看我的人只一个而已，一生一世不过数十年，我们只要过好今生，至于前生与后世已经顾不上了。

三

我是个音盲，从前曾闹过一个笑话，隔壁校园乐队在练习吉他，我问这是什么乐器发出的声音。对方说你猜吧，从二胡、笛子、钢琴一直猜到小提琴，对方早已瞪大了眼睛，说是从此才知道什么叫作"五音不全"。现在仔细想来，在我胡乱猜的这么多乐器中，我肯定没有说过琵琶。因为这是我唯一有把握的声音。

少时体弱，外婆心疼接了去住。早上醒来，见醒得更早的外婆已起床，去煮早饭了，外公便啪一声打开了收音机，铿锵的琵琶声便从四面包围过来，是苏州评弹，我们那儿也叫说书。记忆中有一出戏叫作《红梅巾》的，说的是乱世中一对双生姐妹流落异乡各执半幅梅花巾相认的故事，每次听着都让人唏嘘不已。更兼有苏州评弹特有的尾腔："……嗯嗯嗯……啊……"一音高过一音，听得人一口气跟着往上蹿，琵琶停了，气却还没有下来。这时我便会滚到外公床头，胖胖的小手伸着要抢收音机，外公便飞快地把收音机换到枕头的另一侧，笑眯眯地说："没有了，没有了啊。"我便又滚到另一边，吵着闹着便到了要起床的辰光了。

中午去泡茶馆是外公几十年如一日的必修

课。外公是旧式读书人，家中薄有田产，因此，也有着旧时有闲人的一些生活习惯，比如出门旅游、下棋、搓麻将等等，泡茶馆更是风雨无阻。以前的茶馆我们也叫"老虎灶"，前面是说书的场子：摆一张桌子、两把椅子，很简单的道具；中间是茶桌，坐满茶客；后面是一个大大的老虎灶，全天烧着热水。当老虎灶咕噜咕噜冒着泡泡时，前面戏台上也正好是琵琶声急。故事到了最关键的时候，茶客屏着气随着那说书人的声调轻重缓急、迟迟疑疑、进进退退。这个时候外公是绝对不允许我打扰他的。他往往会早早在开场前就去对面的百货公司买来小人书，然后把我抱到凳子上，叫我只能看书不能出声，我的不少名著启蒙就是茶馆里完成的。低头看书，说书人故事我是听不见的，唯有那苏州评弹特有的腔和调却留了下来，"……嗯嗯嗯……啊。"

后来长大外出求学做事，很少在家。外婆去世的时候，我病在他乡，无法回去奔丧，只在电话里哭得一塌糊涂。而外公去世的时候，妈妈怕我伤心，竟在半个月后才通知我。从此琵琶声绝。

若干年后，我走在离我老家不远的一个名叫"周庄"的小镇街头，看着粉墙照影、蠡窗映水，这九百年的街道、青苔衍生的桥埭，还有那糯糯的吴侬软语，对于故乡我已经陌生得像一个过客了。当远处琵琶声起时，我才有种被厴住了的感觉，不能开口说话，眼中却已有了白色的光棱。这才是我熟悉的东西啊。曲子是从三毛茶楼里飘来的。据说当年三毛来周庄的时候，正是油菜花开的季节，满眼满眼的金黄，三毛伸手抓了一把就放在嘴里嚼了起来，泪流满面。三毛是懂得周庄的，而我只听得懂这铿锵的琵琶声。

四

夜不成寐，读张爱玲先生的传记，看到与胡兰成相识一节，张爱玲有一句话："因为懂得，所以慈悲。"众人说起张先生时皆云这么聪明慧心的女人，在感情上始终是一个败笔。及至看到了这句话，始明白张先生高于常人之处，却正是她的"慈悲"，因为懂得的缘故。

　　借张爱玲先生的这句话作我这篇文章的标题，希望我能懂得的，亦有人能懂，能慈悲对我。

村庄的信物

郑玉晶

一

那一块碑，是遥远的北宋遗留给这个村庄的信物。

太多的信物，如晨星霜叶，轻易间或已凋落，唯有石头，最抗得住时光销蚀。见过一座很老的房子窗棂上，刻着一句诗："石不能言最可人。"那些埋在幽黑古墓里，刻在陡峭的崖壁头，没在古道荒草丛里的石头，都曾在不能言中给了许多谁也不能给的信言。

一块方不成矩、约两尺见方的花岗岩石，高嵌在桥最中的墩上，简素平和，透着丝缕北宋平民气息。"弟子江积舍钱一十三贯又谷三十四石现结石墩一造为考妣二亲承此良因又为合家男女及自身各乞保平安元祐五年庚午九月谨题。"这石头，没有青埂峰那块顽石的造化，到得富贵温柔乡中走一遭，因为一个名叫江积的人一点凡尘难免的祈愿，在这僻远的南方山间，坐定般守着设定的位置，也守着近千年的时光流转。石头上的白色石花，像高古青铜器的红斑绿锈，一星一点都是廊桥两端村庄悠远绵长的故事。

二

在隐匿的时光深处，村庄的那些人和事，远远隐退成一种底色。有些底色会渐渐模糊，直至消失在历史的长河里，它们随着龙江的溪水，一往直前，义无反顾地不再回头。有些底色，却在岁月洗刷中渐渐明晰。譬如这座木拱廊桥——长桥，就横跨在一条宽达百米的名叫龙江的溪流上。

这桥，本只是一座平常的厝桥。在仅能用自己的脚步丈量征程的时代，行走在闽浙山区的山林间、村道口，跨涧过溪，乘凉避雨，打尖歇脚，总能在峰回路转中就与它们相遇。

但不知什么时候，万安桥边立着一块机器打

磨得平平整整的石碑，上面是电脑刻版的"全国重点文物保护单位"。在灵魂跟不上肉体的时代里，它们消失得太过急遽了，已经成了稀缺品。那些以为要把这门手艺带进坟墓的老艺人，又被请了出来，他们翻箱倒柜，总算从犄角旮旯里找出蒙尘已久的斧子、凿子、墨斗、曲尺……当然还有那根测桥面水平的小竹槽。他们认为桥建得平才好走路，人心端得平才好度人，建桥修路是为自己积德，怎能或缺这水平尺？

有人说，这桥透着那幅稀世名画《清明上河图》中汴水虹桥的意味。有这感觉的是古桥专家。他们的依据是，这两座桥的建造时间相差不远，核心的技术也相似，都有用一根根巨长的原木，像丝线纺织一样编成的拱架。他们发布这些权威言论时，一定没看到一张陈年的照片。那照片，也只是新近被人发布在繁殖极快的朋友圈里。

在那张照片里，长桥依然是长桥，廊屋依旧，桥墩依旧，那块石碑依旧守着它的位置。只不过，它不是和汴水虹桥一样的拱架结构，而是在每个桥墩两侧，都伸出两个木头搭起的手臂，那样的桥，被称为伸臂平梁式桥梁。在多次水与火的涅槃中，这桥走过千年的时光，从百年前的伸臂平梁桥，到如今的木拱廊桥，成了世界称奇的地方文化名片。传说建木拱桥时，还有师傅从十多米高的廊屋上跌落，但有惊无险，安然无恙，这桥也就易名为"万安桥"。不知，在遥远的宋代，这桥的前世又该是用怎样的方式托举着旧日时光中的人和事？

听说，这张照片也是百年前的传教士拍的。在离这个桥几十里外，有一个庞大的西洋建筑群。十几年前，在一个蛛丝缠绕、虫卵密布的暗橱里，散落着几匣玻璃底片，经过冲洗，居然大部分都呈现出完整的影像。在那些泛着水渍和虫眼的底片洗出的照片里，有做操的幼稚孩童，有许多晨出暮归农耕图，有许多廊桥，其中也就有长桥。

那些迥异于这一方山地民居的建筑，在时代的车辙中，载上不同时代的印记，有时是茶厂，有时是医院，幸存的，现在都有了自己的身份——文物保护单位。

我在一个角落寻得一盏马灯，覆满灰尘，锈迹斑驳。仔细清洗，灯座上"北京桅灯厂"几个字依然清晰。我旋转开关，完好的玻璃灯罩里，灯芯升降自如，不知它们最后一次的灯火是何时熄灭。但我依稀看到了传教士的身影，他背着相机，不知是传道还是摄影，行走在屏南这块土地上，看到了长桥的前世今生。

三

白发渔樵江渚上，惯看春花秋月，浪花淘得尽江渚上的风流吗？似乎，有水的地方就会有汀洲，有汀洲处就总会泊下许多故事。

这是个"隐一天于夹岸，浮片地于中流"的小洲，叫"松岛"。岛在水中，长桥雄跨两岸与岛相看两不厌。传教士的那张照片就记录这岛与桥，还有十来棵松树，有一棵甚至高过了桥的廊屋。文人而用诗行记下："青松荫兮晨光媚，白鹿随兮道范巍。"

岛上有一个书院，叫"沧洲书院"，这个岛

因而也叫"沧洲岛"。那是南宋旧事了。史料记载，溪岸旺族江姓，有一出仕江西监察御史叫江枢的人，以病还乡，在此设绛讲学。至明正统年间，这里的又一大族，出了一个叫章润的刑部郎中，辞官回乡，改书院名为"龙江书院"，自任山长，使得书院成为周围百多里的育才培士基地。章润死后，弟子们在龙江桥头修建"章先生祠"。崇祯年间，书院毁于一场特大的洪水，至此，它的辉煌荡然无存。然而这些事依然会被在廊桥里歇凉的老人提起。也就这样即便那些松树会轰然倒下，刀砍锯推，被肢解得七零八落、化为灰烬，可精灵尤在、松香依旧。松岛上的最后一棵松树虽已枯黄，然而这方人文历史依然让人虔诚膜拜。

人代代繁衍，村舍代代增建，村庄成了隔岸对居，两岸对峙格局仿佛是天造地设，比财富，比儿孙，比文诗。和书院同时兴起的就有两岸每年中秋的盘诗射箭赛会。歇息在桥中的老人是这样说的，闽王王审知的一些后裔从闽北迁徙江西，又从江西被遣散，辗转来到这里屯田，时常侵扰附近的村民。一个叫江源的首领安抚有方，为相安无事，便放马南山、收弓藏箭。可卸甲的士兵们难耐寂寞，偶尔相约射箭对诗，规定除去箭镞，一方出诗，若另一方答不上，自愿为靶。就这样盘诗射箭成了习俗流传至今，而且成了中秋节传统节目。岛、桥、两岸的村落注着盈盈文风武气。桥上的人喜欢说，村里的人也喜欢说，桥头一户汤厝人家还珍藏着一本厚厚的盘诗的文本。

四

村庄和桥的关系，如母亲之于儿女，相依相存，荣辱与共。

有桥的地方，就会有村庄，有村庄的地方，就会有人，有人的地方，就会有炊烟。可当下有许多村庄，炊烟日渐稀少，桥上不再走人。廊屋上的瓦片，渐渐脱落，把一片一片瓦片大的天光和雨水，泻在本该是行人的脚步上。桥板的心潮湿了，长出了青苔，桥就在这样的寂寞中，渐渐地衰朽了。

然而长桥，不，是万安桥，万安桥是鲜活热闹的。这活力来自桥的东头一个很大的村庄，桥的西头的一个中学。人来人往，能不热闹吗？我一直以为，这桥是属于东头那个村庄的。不只是我，很多人都是这样认为的，似乎强者就理应拥有更多。

直到有一天，我走进了西头的那个小村庄才改变了看法。

那一天，我们和所有来这个村庄的人一样，穿过长长的桥廊。桥的尽头，有一棵大树。"朴树，树龄两百四十三年"是它的身份证。这棵树一定是桥西头这个叫长新村的风水树，虽然它的树龄不及乡村长，但它沉稳地得像乡村一个德高望重的老者，语言不多，却让人心生敬畏。

长新村的风风雨雨，树知水明。驻足在大树下，聆听水流，我在寻找着走进长新对接的密码。宗祠、书院、神殿，村弄、土墙、黑瓦，我一一输入，可都只能解开长新村的一点一斑，仿佛还不能真正解密。可当我输入"汤厝"二字时，仿佛找到了网页，便有了几分激情。

　　汤厝离万安桥五十米距离，一道逶迤的巷弄借矮墙遮掩着。通达门前，有人把这条巷弄冠名为"鲤鱼弄"，意在接水入宅，好让鲤鱼跃龙门。只觉得有一条这样通幽的小弄，让房子平添了些意韵。矮墙外是个门庭，门庭上悬挂仿古的木制匾额，上面书着"汤厝"二字。一看这两个字，就让人想起书写者，一个敦厚实在、我们熟悉且敬仰的人，长得真像。长新村姓王的人居多，还听说有胡、柳等姓氏，一直不知道还有汤家。浅薄导致无知，原来长新村汤姓也有好几户人家，且还是个大户人家。修建万安桥、古戏台的乐捐碑上都有他们的芳名。

　　房子的主人说，汤姓从古田迁入，凭一块豆腐板、一碗炒面，慢慢发迹，购置了这座汤厝。世事难料，星移斗转，这座大宅院已经几度易主，现在的房东是第三任主人。老宅始建年代不详，大约明末清初的房子。最早的主人姓吴，第二任主人姓胡，或者相反，我听完没放在心上，就像对待一切与己无关的事一样。没有争议的是，这两个姓氏在此地已经都不下五百年了，但一切都过去了，现在真真切切的是汤厝。别的姓氏就像一只飞鸟，只在这做偶然的片刻停留，便飞远了。

古民居中的木雕、灰塑招引了专家、学者、游客青睐。那块小木雕鲤鱼下梁又接引了鲤鱼弄里的天水，悠悠地游弋着，蝴蝶儿不是飞走，而引来更多蝴蝶来朝。如今人流如同蜂飞蝶涌，"《福建文学》创作基地""《福建文学》读者俱乐部"两块大牌也落址到老屋门前，一个个书画家的展览频频举办。汤厝成了艺术家的一个驿站。一丝丝松岛书院的文化余绪，在这汤厝萦绕。

坐在汤厝门前的小亭里，翻阅着书刊，这里可以看别人的文心诗意，还能读本土的故事。智人包越生，虎婆江姑妈，一个个故事随风而来。长桥、长新真是故事绵长。

五

我本该是一个很有福气的人，很早就与这长桥、长新、万安桥、松岛、汤厝等结过缘，可只是年少，不知缘为何物，总是无暇顾及来时的路、路边的风景，只感觉前面的路很长很长。我在桥那头的中学求过学，匆匆两年，草草地来，草草地去，从未在意脚下的桥、身边的村庄。单记得那时候，在为平板身体突然的起伏异常烦恼，夏季从桥上走过，只觉得这桥长到没有尽头，好像桥凳两旁满满的人，全在窥视嘲笑我似的。现在想来，青春短暂得只够在桥上走几个来回。

向往桥上临风揽月、古宅寻诗问文的时光。汤厝一行，我还是匆匆。临别时，我走下桥去，用手指一笔一画空书着那块高高的碑文。仰望着廊屋翘角上蓝得深不可知的天，静听着桥下龙江流水的汤汤，想想过去的时光。我知道，不管我怎么用力，那块乡村的信物，都留不下我的痕迹，然而在我心中，却永远收藏着这他乡他村的信物。

古廊桥

张发建

一

我以为，闽浙边上的廊桥与闽粤赣边上的土楼一样，都是激动人心的工程。

土楼作为客家人引以为豪的建筑形式，是闽粤赣民居中的瑰宝。它产生于宋元，成熟于明清，它的历史就是一部客家人南迁并不断融入当地文明的历史。2008年申遗成功后，土楼被列入了《世界遗产名录》，现存的一千多座土楼，得到了前所未有的关注与保护。

但是，在土楼产生的宋元时期，廊桥的建筑技术就已经十分成熟，北宋张择端《清明上河图》精彩呈现的汴河虹桥，就是一个历史的明证。然而，此后的数百年里，廊桥却神秘失踪了，直到现代，人们才突然在闽浙边上的大山深处发现了它的踪迹。其中现存最古老的一座是位于浙江省庆元县举水乡月山村的如龙桥，至今近四百年历史。不过，由于洪水、火灾，以及兴建公路、水库等原因，至今天全国也只有一百余座木拱廊桥保存了下来。可以说廊桥是一个不事炫耀、无所欲求的苦行修士，是一个修建规模宏大、工期约束、一毁即灭的时代刻印，也是一种追求融会贯通、开放交流的生活方式。这就是廊桥。

二

我与廊桥的结缘，始于很小的时候，因为我老家村边一两公里外的地方就有一条修建于清朝乾隆年间的蛇眉桥。"蛇眉"是当地的土话，我却更愿唤它为"昨明桥"或"什明桥"，这多少会更增添一些文化或者禅意。

蛇眉桥在蟾溪之上，其位置是明清两代寿宁通往政和、庆元和福安的重要通道。甚至直到中华人民共和国成立前后，我爷爷等一班盐客也是经过这里把斜滩挑回来的海盐再挑到政和、庆元等地售卖，只是到了 20 世纪八九十年代，这个曾经的交通要道渐渐地冷清下来了，人迹慢慢稀少。

父母不允许孩子们到那里玩耍，主要是因为那里地势险要、桥底溪水汹涌。父母越不许可，孩子们就越向往。放学之后，经常三五成群地往蛇眉桥的方向赶，经过一段乡村公路，再走过两段持续下坡的石板小路，就可以看见若隐若现的桥体了。靠近桥体，耳边是一片嗡嗡作响的水声，那种不算太响但一定知道是非常响的声音包围着你，让你还没有到达桥面，心里就会一种紧张的感觉，不由得加快了脚步。

廊桥是厝桥，桥面上方是屋顶，屋顶之上为瓦楞。廊桥是用大圆木架成的拱桥，两端低，中间高，走上木桥中央，人有浮在空中的感觉。站在中央，从木桥两边风雨板镂空处外望，上下游的感觉迥然不同。往下游看，蟾溪在不远处拐弯隐入了群山之中，神秘莫测；向上游看，溪水击打两岸石壁激起的一片片浪花，有一种强烈的压迫感，让你并不愿意在桥上做过多的停留。

快速穿过几十米长的桥面后，孩子们迅速抄

近路到达了蛇眉桥的木拱正下方。眼前，激流浩荡，响声震动，完全把欢笑声淹没殆尽；抬头，几十根圆形巨木整齐排列，相互交织，仿若一个精美的编织，近在眼前，可伸手去摘，却虚无缥缈，反而会有一阵眩晕；不远处，尽是悬崖峭壁，人在其中，好像总有一种气流包围着你，浑身通透，就算是大夏天的正午，也是凉意阵阵。

后来，我到过三峡大坝，也到过葛洲坝，那水势无疑更恢宏更壮观，但我始终无法找到当初在蛇眉桥下那种空灵的感觉。那种空灵，是否更多的是因为叹服祖先们两百多年前就能在绝壁上建出那么飘逸的廊桥呢？

三

随着时间推移，与蛇眉桥一样，多数闽浙边上的廊桥在交通上的作用式微，而且，在现代科技面前，建桥技术也不再神秘。但是，人们对廊桥的热情却是与日俱增。十多年前，我接待过一位来自北京的部委领导，他说最大的愿望就是有空到闽东去看看神奇的廊桥。眼下，人们热衷的程度已经远远超出单纯地看看、走走，而是深入研究或广泛宣传，甚至还有人筹集巨资重新再建新廊桥。

这并不是一种偶然的现象。因为廊桥在闽浙发展，甚至人类文明进步的历史进程中，曾经发挥过无可比拟的重要作用。时至今日，它在精神层面上的功效一直未曾衰弱，甚至反而得到了更大的彰显。

这种精神上的功效，首先体现为人与历史的和谐统一。

中华民族是一个注重向前发展的民族，苦难深重的人民总把美好的希望寄托于未来和子孙，于是比起祖先，人们自然更关注子女后代的发展。向前看不是一件坏事，但时间一长久，人们却发现自己对祖先的忽视造成了某种缺憾，比如孙子未必知道他爷爷奶奶的名字，许多村庄根本不知道自己的族系来自哪里，祖先是谁。这反过来，又促使人们开始寻根，开始修订家谱，开始寻找祖先们过往的故事。

闽浙边上的廊桥，是历史钉在这片山水之间

的遗迹。看到廊桥，人们就会想起宋代缪蟾"踏破前桥几板霜"奔赴临安考试的情形，就会追寻三百多年前冯梦龙跋山涉水前来寿宁为县令的故事，就会感怀闽东浙南乡民的艰辛与劳作。

廊桥的存在，很大程度上满足了人们追寻历史与精神皈依的需要。廊桥的价值就在于它的历史，它的久远。在现代技术与财力之下，再建一座、十座廊桥也是很容易的事情，但这没有历史的廊桥，又有什么意义呢？廊桥在精神上的功效，也体现为人与自然的和谐统一。

历史越向前发展，人类就越没有"人定胜天"的底气。自然是用来敬畏，而不是征服，也只有这样，人与自然才能实现和谐的发展。廊桥从建筑选址、建筑形式、建筑材料与环境改造上，都体现了一种人与自然环境的高度融合。

有的廊桥直接利用天然悬崖岩壁加以修凿而成，坚固而且自然；在与村庄位置关系的选择上，多是选择在河流流出的村尾，既当风水桥，又避免了一旦洪水跨桥对村庄造成伤害。而且多数廊桥建于群山之间，建筑材料就地取材，木头纹理与山间树木并无二致，半掩于茂密的丛林之中，横跨于流水潺潺的溪流之上，自然贴切，充分体现了道法自然、礼让自然的原则，实现了"天人合一"的景致效果。

廊桥在精神上的功效，也体现为人与神祇的和谐统一。

大部分廊桥都结合了桥、亭、庙等建筑的功用，桥上设有神龛，供奉着包括观音、关帝爷、文昌帝、赵公明、马仙、临水夫人、黄山公等诸神像，呈现出了儒、释、道的统一。

廊桥还有定期不定期的祭祀活动，人们在桥上求神拜佛、求签问卦、禳关祭神，庆祝一年的收获，祈祷神佛对来年的保佑。

廊桥在精神上的功效，还体现为人与人的和谐统一。

建桥是一项宏大的工程，但自明清以来，绝大多数廊桥的修建却是民间的事情，官府参与多数只是资助。民间建桥要先推选出几个主事人，并从中择定一个主要负责人，叫"缘头"，由他们负责诸多事宜，在钱款不足时也由他们垫付。

而村民们，则是有大钱的出大钱，有小钱的出小钱，没钱者则出力。

人们在建桥的过程中所秉持着行善积德的信念，是一种原始的慈善精神。在这种精神的引导下，人与人的关系重新构建，达到了一个新的和谐。

四

尽管现在闽浙边上各县都加强了对廊桥的保护，但在自然神力面前，有时各种保护都会显得十分苍白无力。去年夏天，我在电视上目睹了浙江泰顺两座古廊桥被洪水冲垮的画面，心中有一种深深的无力感。

最悲凉的是我发现我童年时期十分熟悉的蛇眉桥也永远地消失在了那片山水之间了，取而代之的是一座中国随处可见的石拱公路桥。桥边有一碑志，曰《蛇眉桥志》：

  ……将原厝桥拆改车桥，并将木料出售款贴给建桥凑用。兹为破旧立新之情况特设此碑，做到不遗忘前人之丰功而树立后人之伟绩，不胜美也。是为志。戊寅年经鉴碑人某某立。

读后我又是一种深深的无力感，人类最大的悲哀就是把无知当丰功伟绩，还以为不胜美也，树碑立传，何其可怜！

然而，历史的脚步谁也无法阻挡，古廊桥作为一种遗迹的存在，数量逐步减少是不可避免的事情。而我们这一代人，最应该做的事情。不仅是要从形态上保护廊桥的存在，更要进一步发扬光大廊桥身上所蕴含的人与历史、人与自然、人与神祇、人与人的和谐相处的精神。

我突然明白，童年时期在蛇眉桥下那种空灵感，更主要的是来自廊桥本身所具有的文化与精神。

欣喜的是，现在我听到更多的是令人振奋的消息，比如两省数县共商申报世遗，寿宁被授予"木拱廊桥文化之乡"称号，西溪获得创建"寿宁廊桥文旅小镇"的资格。我期待着更多好消息的一一实现，就如我现在看到土楼的良好保护状态一样。

书院的叶子

吴　谨

1993 年，我二十岁。那年 8 月 29 日，天气爽朗，我扛着行李箱，沐着阵阵清风，来到了杉洋，在古田十二中开始了我的教师生涯。

初来乍到，就听同校一位李姓老师介绍说，杉洋是个"先贤过化之乡"，朱熹曾在此讲学过，而他所讲学的蓝田书院就在十二中附近。

我心头猛地激起一阵热浪。中国古代理学集大成者朱子曾躬行乐教于此，我竟能在八百年之后望迹而来，岂非幸甚至哉？

一任教，我就欣然接受了超额的工作量，承担了班主任和两个班语文、一个班英语教学的工作。每周二十四节课，加上早、晚班，有四十五节之多，有时感觉一天到晚都在教室里。但我并不觉得累，似乎内心有一股无形的力量在支撑着我，鼓舞着我。那种力量，来自先贤朱子，来自他在蓝田书院留下的那股影响深远的冲击余波。

在杉洋工作的三年，我经常会到那个"当年夫子日谈经"的蓝田书院遗址走走看看，去感受那里遗存的文化气场。而每年的中秋之夜，我更是仿若受到某种指引。远离家人、形单影只的我，总是自然而然地漫步到蓝田书院故址去，哪怕那里其实并没有书院，只有一条流量颇大而又清澈透底的渠水，我也会驻足凝神，只听听这潺潺的流水声，也是一种别样的享受啊。

1995 年秋季，学校分配来几位新老师，其中有位长得白皙清秀的女老师姓陈，教历史。也许是她的专业激发了我的古典情结，一来二往的，感觉挺聊得来。当我提到杉洋有朱熹曾讲学过的蓝田书院时，她很有兴趣，并同意和我一起去试拓朱熹题写的"蓝田书院"石刻。

天高气爽的周末，我和她一起带上纸、墨、刷、扑子、白芨水以及柴刀、锄头等，沿渠而上，到了书院遗址。好不容易在番薯藤下扒出那块大约一米宽的刻石石面，却发现刻字只露出一半，"田"和"院"都埋在地里面呢。我们决定挖土，经过一番我挖她倒的共同协作，最终把"田"和"院"都挖出来了。

然后开始洗碑，上白芨水。在上纸时我让她帮我按住宣纸上方两角，结果她一不小心失去平衡，摔倒在地上，脚崴了。这下可好，本来两人合做一件事，变为我一人做俩事：一来拓片得自个儿完成，二来还要为她"疗伤"。为了让她减少疼痛，我还动用了"先贤"来"慰勉"她呢。我告诉她，这里曾是朱熹讲学的地方，朱子常在此修炼，你要想好得早，就要像朱子一样，通过"养浩凝气"和"观空静神"之法调理气息，方能快速痊愈。她听后还真的如法练习起来呢！

其实，到现在我还一直在感谢当年蓝田书院给她摔的这一跤呢。因为这一摔，把她从我的同事摔成了我的妻子。那一天，我为她揉搓脚踝，便和她有了"肌肤之亲"，最后她并没能走回去，是我背着她，趁着校园无人之际，从东门偷偷进教师宿舍的。这一背，让我们的感情明显加深了。那年中秋，我们确定了恋爱关系。

月圆之夜，我们一起沿着渠边的小路，漫步

到蓝田书院。望着朦胧的月色，看着她的绰约身影，我诗情波涌。也就是那天晚上，她在书院遗址边采了一片枫叶送给我。那叶子虽然还是绿色的，但同样代表了火热的爱情。我将它过塑制成了书签，以永久保存。初三临毕业之际，我带学生们去校东蓝田书院旧址采摘树叶做赠礼书签。有位学生发现了一片正圆形的绿叶，大家在"把玩"之余，将其"敬献"给我作纪念，我很高兴地接受了这份珍贵的礼物。学生们还买来纪念册让我赠言留念，我还记得当时我手执一支细毛笔，只需一两分钟，便为每位学生题诗一首，以为存念。

几年前，听一位李姓学生提到，有位林同学现在已是一家国际公司的老总，而当时她的才学只是一般，据说是我的毕业赠诗影响了她的人生，她说一辈子都不会忘却那首诗，因为那首诗激发了她消沉时的斗志与勇气，使她发奋工作和学习。在我的询问下，李学生稍稍透露了其中两句"打油诗"："若能求学出杉洋，定能摇身成凤凰。"我闻之，哑然失笑：有多少个偶然的不经意，造就了那些必然的成功！

我由此又滋生了重访蓝田之念，并于 2010 年初夏成行。在途经蓝田书院遗址附近的田傍溪侧时，我闻得幽兰之馨，遂寻香而去，发现佳蕙一丛：只见兰叶劲挺、清芳馥郁。我欲折之，但恐伤其自然意趣，只剪其一截绿叶，夹于书页中为签，以留纪念。

杉洋古称"蓝田"，绝非偶然。因此地田中盛产青玉，宋代此域置青田乡。玉之美者称"蓝"，先人们遂引借陕西之"蓝田"以雅称之。而杉洋自古得天时地利人和之"三合"以开泰，其钟灵毓秀，人多育俊才，并玉喻人品，人追玉德，相得益彰。而我今得赏野田之兰，其所发之田，亦可谓"兰田"也。兰者，亦喻人之品也，而此又有所寓乎？然无论是蓝玉与"蓝田"，还是兰花与"兰田"，都是杉洋明德文化的一种载体。我珍藏兰叶，乃期乎睹叶思兰，思兰及人，思人及玉，思玉及蓝也。故这片绿兰叶，已足以代表我与蓝田的文化之缘。

从前的我，经常在蓝田书院遗址徘徊，叹

惋，为那座遭受火毁的书院感到痛惜。我也知道人们始终称这片"遗址"为"书院"，是因为他们充满着对书院不灭的怀想，并希望能借此弥补心灵的缺憾。但我从没有想过若干年后，蓝田书院会被重建。而事实却如此让人惊喜、惊讶和惊叹。一座规模宏大、气势巍峨、仿古规制的蓝田书院，如今已然拔地而起。蓝田书院在贤人的支撑下重起，仿若是经浴火而涅槃重生的凤凰。它的重生，代表着杉洋传统文化的复兴，它将肩负着承载蓝田文化的过去、现在和未来的重任。

而我，也是一名见证者，一如它，也曾见证了我的爱情。

北墘寻酒香

阿　曼

一

　　就算是在同一个屏南县，也未必到过县里的每个村庄。但是，一提到北墘，就算没去过那里的屏南人，也会立刻想起"北墘老酒"。因为北墘的酒，比起村子本身被外人所熟悉的程度，不知要更甚多少倍。以至于我们去拜访北墘的一路上，仿佛都在酒香里微醺。

　　这个名曰"北墘"的村庄，隶属屏南黛溪镇，离县城五十四千米。奔流的茞溪穿村而过，为村民的生活提供了方便，也使村庄因一溪之水而变得秀美。"清溪如带水平流，眠象伸牙挽欲留。濯足濯缨堪自适，卜居疑似武陵州。"民国初期的屏南文人苏义昌，就曾把北墘之美比作陶渊明笔下的武陵田园。七百多年前，吴氏的先祖看上这片四面环山、山山有景的钟灵毓秀之地，携家带口到此肇基。在当时从阮家买来的八丘荒田上盖屋居住，以此为本，开枝散叶，绵延子孙，形成如今这个两千多人的大村庄。历时七百多年的北垅，保持着较好的原生态农耕文明和各种明清风格的院落，依然完好的祠堂、庙宇、廊桥、古街、水碓房、曲埕……无不见证着北垅繁荣的过往。有人说，北垅的村庄史，就是一部酿酒史。因为直至今天，北垅的每一处地方，几乎都有与酿酒有关的影子。而这些影子的背后，就是无数个酿酒的故事。

二

在村中行走，不时会碰到古井，圆的、方的、六角的，井口的形状各异。有很长一段时间，北垅全村人喝的都是这些井中之水，如今已接上自来水，井水便专用于酿酒，所以仍未废弃。去的那天下午，骄阳似火。路过的一口六角井里，清澈的泉水从井底汩汩而上，僵持片刻，我终于还是忍不住诱惑，俯身用双手一捧一捧掬到嘴里，咕噜咕噜地喝起来。顿时一阵清冽冽的凉爽直抵心田，一阵感激也油然而生。都说北坞老酒能够长久不衰，是因为取山泉而酿，鲜甜爽口。对此，你若亲尝过眼前的井水之后，也一定会和我一样，深信不疑。

来时的路上，因村名而带来的酒的遐想，走到村里之后变得更加具体了。村庄的巷道、村民的家门前，大大小小的酒缸和酒坛子随处可见。原来，这些被洗净的酒缸，是要晾干了为即将开始的新酿而准备。农家的一间又一间屋子里，一坛坛不同年份酿的黄酒，被精细地封存着。前些天刚被开封的一坛，早已上了盖，只不过是当时用的一个漏斗未收好，便将酒香泄漏到整条巷。酒香深深的古巷里，北坞老酒的故事由远及近，从隐约到清晰。

元皇庆二年，八丘从阮家买来的荒田，便是肇基始祖天灵公仅有的财产。但骨子里的勤劳，却是北坞人世代用之不竭的财富。在这片土地上，除了种植水稻、地瓜、水果、蔬菜外，吴氏的先人还开始酿酒。清冽的山泉是自然的馈赠，优质的糯米源于自家的耕种，而酿酒的技艺是祖上的传承。每当隆冬腊月之际，家家飘着米香，这是粮食的味道，更是黄酒的气息。制作酒曲，浸米、备曲、煮酒、拌曲、发酵、压榨、装坛。每一个步骤，都需要严密把关，稍有差池，便是前功尽弃。整个过程的每个步骤，也都饱含着执着与情怀。

年复一年，北垱人的一颗匠心，苛求着每一个环节的精益求精，一双巧手，传承着祖上的绝活。香醇味美的北垱老酒，终于远近闻名。早年就有北垱红曲，运到福州和福宁府的许多县销售。到民国中期，又通过宁德海运到浙江温州、杭州一带。至今，北垱家家户户都以祖传的配方和工艺酿制老酒，一个家庭少则年酿十多坛，多则酿上几百上千坛。逢年过节，都有远近的客商驱车来北垱买酒。老酒成了北垱人发家的源泉，也成为北垱的名片。用勤劳的双手，把生活的光景越过越好的北垱人，开始将家园建设得更加美好，也开始向往对文化的发展。

三

北墘村保存下来的大量明清时期的古民居，就是北墘经济与文化达到鼎盛的见证，其中以佛子厝最为著名。这座占地四百三十四平方米的古民居，清光绪七年由耆绅吴云辉创建，到光绪三十三年落成。前后建设二十多年里，装修及雕刻就费时十年，其做工极为精细考究，且有很深的文化内涵。宅院的门柱上，镌刻的三十多副对联里，篆、隶、行、楷、草俱全，且都出自当时名家之手。屋内的窗、桌、门上更有一百多木雕神话人物，阴阳对应，左右对称，令人拍案叫绝。在大门封火墙内侧的墙帽下方，还有一组精美的彩色泥塑，苍松翠竹、人物车马，形态逼真，活灵活现，历经百年风雨侵蚀而不褪色。

从眼前的这座百年老屋，我们看到了什么？工匠的技艺之精湛和用料的考究，是主人身份与财富的折射。而随处可见的琴棋书画之雕刻，则为主人文化品位和修养的涵盖。据说落成的当年，屏南知县曹芸芝来参观后，亲笔题下"齿德兼优"四个大字。黑底镏金的横匾，至今依然在厅堂上赫然醒目，散发着曾经的无限荣光。而这令人艳羡的荣光背后，又隐含了多少代人的艰辛与努力？从几丘荒田的一贫如洗，到通往富裕光景的途中，是以无数酒坛子作为铺路。在无数个起早摸黑的日子里，二十五代北垱人从青丝变白头。对我们这些前来参观的人来说，这走马观花式的逗留，即便有再多的感慨，恐怕也抵不过这个家族任何一个成员心中所埋藏的一个故事和一丝回忆。而所有铭心的刻骨，又岂都是言语能够诉说的？佛子厝，是北垱先祖留给后人的宝贵遗产，也是全屏南人的骄傲与财富，愿这份财富万古长青！在记取佛子厝的美好之后，我们留下这份美好的祝愿，悄然离去。

四

为了便于商客往来，清朝中期，北垱先祖举全村之力，请匠人用石条，在村中主街铺就了一条全长一百丈零八尺的石道。沿街配备了流水沟，在每个交叉路口处还设一个防火池。古街两边有许多店铺与客栈。如今这些古迹大都还在，足见先人的智慧与良苦用心，也足见当年的繁华。到清朝后期，政治腐败，社会治安混乱、匪盗肆虐，这一时期的民间建筑，也就常有防匪方面的考虑。所以，吴家先人们在北垱古街的街头街尾，又各建起一座两层土木结构的哨楼，并在第二层四周各开出一个瞭望口，必要时轮流值班，以防外患。

北垱东南的山脚下，一座建于清光绪年间的炮楼，是防御敌人的另一个典型例证。这座土木结构的建筑，因是个六面体而被称为"六角炮楼"。它占地面积三十平方米、二十多米高，内有木梯向上。只要值班站岗的人到达炮楼的第二层，便可监控全村，里外的设计看起来既严密又周到。

今天，那些匪患横行的日子，因为时过境迁而变得云淡风轻。这座矗立在村庄与竹林之间的炮楼，在偶尔的鸟鸣声里越发显得安然静谧，已再无一丝火药味。青翠的竹枝从楼顶上方伸下来，与它的黑瓦黄墙构成一种别样的景观，不时被前来拜访的人驻足与流连。只有在村中年事已高的老者娓娓的述说里，那些惊心动魄的画面，才重新越过久远的时光，在我们面前回放。一代又一代北垟人，以勤劳为斧，硬是将荒田变为富饶之地，又因一腔热爱，用智慧、勇气，甚至生命去保护。那种守护家园的决心和韧劲，是我所了解的北垟人的另一种可贵品质，也更让人醒悟，如今村里的种种遗存，是多么来之不易！

五

北垟古村有许多值得一看的地方，每一种遗存后面都有一段传奇。而所有的传奇又或多或少地与北垟的老酒有关。村口右边的吴氏宗祠，是明朝万历年间为纪念始祖创业之艰辛，将祖厝改建的。经过几代人的修缮，北垟祠堂看起来富丽堂皇、庄严气派。在祠堂门前，有七口长生池，如北斗七星般摆布，号曰"曲沼洄澜"。它饱含了北垟人对这片土地的热爱与希冀。有前人留下的诗为证："池溏春梦草长生，护列吾乡最著名。鱼养化龙腾浪去，满天星斗月华明。"

　　如今，与北垱古村一道起步、一起繁荣的北垱红曲制作和黄酒酿造技艺，已被列入省级非遗名录。在祠堂对面的进村路口，一块酒坛形状的巨型村标屹立于蓝天之下，与祠堂门前的北斗七星池遥遥相望。何以酒坛为村标？初到之人，会觉得诧异。但是，当你走进村子，当你仔细了解北垱的故事之后，你就会觉得，这样的村标设计得多么合情合理，它几乎是天经地义！

南镇灯会

周玉美

每年农历正月十三至十五，福鼎沙埕镇南镇村都要举办规模宏大的闹花灯活动。今年元宵，我偕同家人前往，亲身感受一番灯会的繁华与热闹。

南镇村分为四个境，即美岩、呇内、上呇、复兴。每年元宵节前，各个境的龙头轮流"做头"（哪家娶媳妇生儿子了，就要做头）。他们有钱出钱，有力出力，各自分工，齐心协力，将元宵花灯、铁枝、台阁、龙灯、马灯、鱼灯等安排妥当、准备齐全。到闹花灯时，各个境都要将自己准备好的节目拿出来巡回演出，而且每个晚上演出内容各不相同，十五晚上的节目最齐全、最精彩。

据当地老人回忆，南镇灯会已有几百年的历史了。元宵节举办灯会活动的目的是祈福丰年，祈求平安，之后演化成传统的民俗文化。渔民们团结一心，积极向上，投入大量热情和精力，靠自己的智慧和勤劳，把当地的文化基因激发出来，形成富有渔家传统的节俗和精妙绝伦的表演艺术。

夜幕初垂，华灯初上。随着一声大鼓敲响，鞭炮齐鸣，礼花四射，闹花灯巡游活动开始了。四支巡游队伍，按头灯、大锣、彩旗、龙灯、马灯、鱼灯、车鼓亭、香亭、火镜、香炉、娘伞、菩萨轿、平杠、铁枝等依次排开，浩浩荡荡的队伍从各个境出发，绵延数里，纷纷涌向南镇大街，阵势非常壮观。四面八方蜂拥而至的游客们，早已守候在大街小巷，有的踮起脚尖，伸长脖子向前方探望着；有的站在稍高的台阶上，手里拿着相机，咔嚓咔嚓地抢拍精彩瞬间；有的瞪大双眼欢呼、惊叫着，好不热闹。

两个红红的长筒形头灯，分别系在带有鲜绿竹叶的长竹竿上，象征着渔民生活红红火火节节高，由两个头人擎着，走在队伍最前面，作为开路先锋。一路上敲锣打鼓，彩旗飘飘。五把象征吉祥如意的"娘扇"紧跟其后，"娘扇"上面写着"国泰民安"四个大字，意即祈求神灵保佑天下太平、国泰民安。

菩萨轿一到，村里马上沸腾了。轿子由四个年轻男子抬着，他们在村子的空地上大摇大摆、神气十足地来回晃动着轿子，围观者不停地点燃鞭炮，噼噼啪啪的鞭炮声不绝于耳，一浪高过一浪，响彻整个夜空。

象征着吉祥如意、添丁发财的板凳龙，是由村里的头人共同制作而成的。龙身是由长板凳面连接而成，每条长板凳算一节，点上节能灯，外面用龙套罩住。村里有几个头，就要制作几节。去年，我爱人的哥哥家刚娶了儿媳妇，同年生了双胞胎孙子，一年之内就喜添三丁，这是村里前所未有的大喜事。按照惯例，他家今年要做三个头，龙头、龙身、龙尾。龙灯走街串巷出游时，他们统一着装，由头人一起抬。因着心里高兴，我公公虽已年过古稀，但也光荣地加入龙灯队伍中去，招来很多羡慕和赞赏的目光。

我们像个孩子似的，激动地跟随着人群穿梭

在行进的队伍中，生怕落下精彩的瞬间。

随着阵阵激烈的鼓乐声响起，精彩的狮灯闪亮登场。瞧，师傅们站在线狮身后，手持一把细线，按照鼓乐的节奏，娴熟地操控着线狮上下左右跳动，抖、扑、蹲、跃，抢球、含球、吐球，一股红艳艳的大火冲天而起，现场顿时一阵惊呼，掌声如雷！

人潮涌动中，几只灯光璀璨的彩船在人潮中浮动，演员腰系绸带，吊住船舷，用手调整船沿，让旱船前后左右摆动，模仿渔民水面行船、撒网捕鱼、随波逐流的情景。爱人笑着对我说，这就是跑旱船，是渔民们祈求今年海上大丰收的。

铁枝是灯会的压轴重戏，每个境都要准备两个。他们根据"参照历史典故、体现民情风俗、反映当下要事"等要求，制作出主题各异、风格独特、内容丰富的铁枝，将渔村深厚的文化底蕴和渔民的智慧结晶，充分展示给世人。今年出巡的有"仙女下凡庆丰收""国泰民安""风调雨顺""古装婚庆""新时代婚庆"……铁枝一出场，整个现场顿时被引爆了，欢呼声、叫喊声连成一片。

据当地铁枝、马灯制作继承人姚智足师傅介绍，他们境今年制作的是以"古装婚庆"和"新时代婚庆"为内容的铁枝，每个铁枝上坐着八至十岁的小孩八个，男女都有，配备一百二十八盏节能灯，三盏投光灯。每年准备的内容皆不同。南镇元宵闹花灯的习俗在当地延续几百年了。如今，村里举办这种活动，目的是要把这种极具特色的海洋文化、渔家传统民俗文化代代相传、发扬光大。

正月闹花灯，"闹"出的是渔民心头的喜庆和欢乐，更是祈求上苍保佑、风调雨顺、国泰民安！

人文林语堂

张少华

　　林语堂是世界文化大师，也是散文大家。林语堂的散文创作大致经历三个阶段：《语丝》时期（1924—1926）、《论语》和《宇宙风》时期（1932—1936）、《无所不谈》时期（1965—1968）。

　　与"文坛斗士"鲁迅一样，《语丝》时期的林语堂也曾充满正义感和大无畏斗争精神，其前期散文（主要是杂文）突显"匕首、标枪"特性，中后期的散文则倾注着深重而浓烈的人文关怀，"幽默"成为关键词。

　　林语堂首倡"幽默"，是从西方引进幽默第一人，号称"幽默大师"。对于幽默的济世价值，他在《论幽默》一文中有这样论述："幽默本是人生之一部分，所以一国的文化，到了相当程度，必有幽默的文学出现。人之智慧已启，对付各种问题之外，尚有余力，从容出之，遂有幽默。或者一旦聪明起来，对人之智慧本身发生疑惑，处处发现人类的愚笨、矛盾、偏执、自大，幽默也就跟着出现。"将幽默价值视为人生至乐，同时代国内文人当中恐怕除林语堂外，再无他人。与同时代文人相比，林语堂俨若"不合时宜者"与"先知先觉者"，其散文作品似乎是写给未来读者阅读的。难怪鲁迅会发此讥语："轰的一声，天下无不幽默。"可一家之说，毕竟难掩其瑜，林语堂才识渊博、学贯中西，智慧和才情举世瞩目，丝毫不逊色于同时代其他文学大家，国际文坛更是声名鹊起，曾被视为"20世纪智慧人物"之一。林语堂怀着虔诚和敬畏之心，不厌其烦地向西方国家介绍中国文化，堪称中西文化交流的桥梁和使者。其《吾国吾民》《生活的艺术》等作品，让中国传统文化走出国门、走向世界，使西方人重新认识古老的中国。"两脚踏东西文化，一心评宇宙文章"，林语堂故居存留的这副对联，正是其笃学尚行、放眼世界的真实写照。

　　林语堂诸多散文篇什中蕴含的人文关怀令人

受益匪浅、启智良多。譬如《论躺在床上》一文写道："躺在床上是我们摒弃外物，退居房中，而取最合于休息、宁静和沉思的姿势……可以由一片玻璃或一幅珠帘看见人生，现实的世界笼罩着一个诗的幻想的光轮，透露着一种魔术般的美。在床上，他所看见的不是人生的皮毛，人生变成一幅更现实的图画，像倪云林或米芾的伟大绘画一样。"躺在床上的平常事，竟能演绎出如此精妙而绚丽的情思，林语堂的生花妙笔和丰富联想着实令人叹为观止。事实上，恰恰在这种放射式、夸大性联想中，读者才深切领悟到某种素有同感而拙于言表的生活智慧与生活机趣，而这就是林氏散文的核心价值所在。再如《论解嘲》短短千字文里，林语堂笑谈式列举了苏格拉底、林肯、金圣叹、西班牙守礼伯爵、耶稣等诸多充满幽默警示意味的名人故事或趣闻轶事。其中，苏格拉底遭遇夫人惩罚盆水淋头后的解语"我早晓得，雷霆之后必有甘霖"与西班牙守礼伯爵临死前拒绝访客长谈的那句"对不起，求先生原谅，让我此刻断气"，更是令人忍俊不禁。如此貌似放浪有加、严肃不足的幽默笑谈背后，倾注的是作者对人世生活的博大宽容与智慧思考，而这，实属积极有为的人生态度。

林语堂 1895 年出生于福建省一个基督教家庭，父亲为教会牧师，其幽默闲适性情与颇具西方色彩的家庭宗教信仰背景息息相关。林语堂周游列国，登高望远，长期受到西方文化的浸染和熏陶，其思想境界、西学素养、艺术情趣自是与众不同。在国破家亡年代，林语堂将"幽默"引入国民生活领域，虽然不合时宜，却在情理上契合"百花齐放、百家争鸣"的人文包容诉求。如以人文关怀视角审视，"幽默闲适"其实是不分贵贱、不论等级、无伤大雅的文化个性表达。大到国家，小到个人，无论身居何时、何地，国计民生里掺进幽默闲适元素，总能给人带来娱人自娱的"幸福特效"。

斗转星移，时易境迁，文明在发展，社会在进步。如果说当年的林语堂将"幽默"引入国民生活领域不合时宜的话，在如今和谐共荣的时代里，林语堂的人文贡献或许是不可或缺的人文资源。

晚年林语堂始终怀着一股浓浓的思乡情。1962 年，林语堂到香港来看次女林太乙与在香港新闻处任职的女婿黎明，说到香港有山有水，风景像瑞士一般美。林语堂却说不够好，这些山不如坂仔的山，那才是秀美之山。"如果我有一些健全的观念和简朴的思想，那完全是得之于闽南坂仔之秀美的山陵……"林语堂曾在《八十自叙》中如是说。晚年林语堂定居台湾，1976 年在香港病逝，遗体运回台北阳明山安葬。

林语堂的人文贡献，不仅在于其人其文，更在于血浓于水的家国情怀。